Leben & Träume der Pimientos de Padrón

Katherine Anne Lee

Deutsche Erstausgabe

© 04.2015 KAL - Katherine Anne Lee
Autor: Katherine Anne Lee, Schweiz
Deutsche Übersetzung: Anke Wellner-Kempf, Deutschland
Lektorat: Ingrid Exo, Deutschland
Illustrationen: Ilona Mulock Houwer, Belgium

Herstellung und Verlag:
BoD - Books on Demand, Norderstedt
ISBN 978-3-7386-2548-6

www.katherine-anne-lee.com

Inhalt

Entführung an einen fernen Ort 1
1. Die Geburt unserer Seele 7
2. Unsere Wurzeln vertiefen 17
3. Das Wesen unserer Seele 27
4. Ein Gefühl von Urvertrauen 33
5. Die Richtung unserer Träume 45
6. Der erwählte Ort der Bestimmung 65
7. Unsere Sicht auf das Schicksal 81
8. Unser Erscheinen in der Welt 95
9. Verletzliche Träume 109
10. Schmetterlinge unseres Daseins 123
11. Unser Karma in einem Regenbogen aus Licht 133
12. Ankommen und Erinnern 149
13. Unser gemeinschaftlicher Geist 165
14. Das Jetzt entdecken 175
15. Transformation 191
Epilog 199

Entführung an einen fernen Ort

Katherine Anne Lee

Dies ist eine Geschichte, die Sie an einen fernen Ort entführt. Ich möchte Ihnen Gelegenheit geben, diesem Planeten für eine Weile zu entfliehen und Ihre Gedanken schweifen zu lassen, einzutauchen in eine unwirkliche Welt, in der so viel mehr möglich ist und Unschuld tatsächlich existiert. Atmen Sie tief ein. Lassen Sie vor Ihrem inneren Auge ein Bild davon entstehen. Spüren Sie die Süße des Seins.

Doch ist eine solche Welt wirklich so unwirklich?

Haben wir unsere Unschuld verkauft?

Verbergen wir absichtlich unsere sanften Gefühle?

Stellen wir uns einen Augenblick lang einen normalen Tag in einem normalen Leben vor. Beginnt auch Ihr Tag schon, noch ehe die ersten Sonnenstrahlen die Mauern Ihres Hauses streifen?

Sind Sie – wie wir alle – gezwungen, zeitig aufzustehen? Versuchen auch Sie, die mit stetem Ticken voranschreitende Zeit nicht aus den Augen zu verlieren, während warmes Wasser die Albträume Ihres ruhelosen Schlafs fortschwemmt? Hasten Sie zum Bus oder zur U-Bahn und gehen vertrauten Gesichtern aus dem Weg, um nicht über Ihr Leben sprechen zu müssen?

Tagein, tagaus arbeiten wir bei trübem Licht, um anschließend nach Hause zu eilen, während wir auf dem Weg

Leben & Träume der Pimientos de Padrón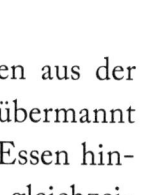

etwas zum Abendessen besorgen und die Sachen aus der Reinigung holen. Schließlich, wieder zu Hause, übermannt uns auf der Couch der Schlaf, nachdem wir das Essen hinuntergeschlungen haben. Wir fühlen uns gestört, gleichzeitig auch seltsam gefesselt von den flackernden Bilder des Fernsehers. Wenn dann die Kirchenuhr überraschend oft schlägt, torkeln wir weintrunken ins Bett. Der Ablauf wiederholt sich, und die Albträume bleiben.

An diesem Punkt im Leben ist es womöglich an der Zeit, sich eine einfache Frage zu stellen. Was ist der Grund für mein Leben?

Was will ich sein?

Was ist mein Ziel, und wie möchte ich in Erinnerung bleiben?

Es gibt darauf keine allgemeingültige Antwort, und dieses Buch ist keine Anleitung. Es gibt keinen Schritt eins, zwei oder drei. Jedes Dasein hat seinen eigenen Grund, und das Gleiche gilt für den Weg, der zu seiner Entdeckung führt.

Mögen die Hauptfiguren dieser Geschichte Ihnen als Stellvertreter dienen und unzählige Funken der Inspiration entzünden. Ich hoffe, Sie haben einfach Spaß an der unterhaltsamen Geschichte und können Ihren Gedanken erlauben, unbemerkt Gestalt anzunehmen. Packen Sie also Ihre imaginären Koffer. Sie brauchen nicht viel. Wir reisen in eine sonnige Ecke dieser Erde mit fruchtbarem Land, das fast allem und jedem ermöglicht zu wachsen. Das Land, in das wir reisen, nährt die Hoffnungen und Träume vieler, auch die der Pimientos de Padrón.

Zugegeben, wir sind gerade erst aufgebrochen, aber möglicherweise fragen Sie sich schon die ganze Zeit, was Pimientos de Padrón eigentlich sind. Nun … Vor einigen Jahren hätte ich mich dasselbe gefragt. In einer spanischen Tapasbar machte ich die Bekanntschaft der kleinen Kerlchen, auf Mallorca, um genau zu sein.

Es handelt sich um daumengroße grüne Pfefferschoten, die mehrere Minuten in gutem Olivenöl gebraten werden. Sobald sie weich und etwas dunkler sind – ich denke, man könnte von einem dunklen Olivgrün sprechen –, werden sie auf einem Teller angerichtet und mit Fleur de Sel oder einem ähnlichen Gourmetsalz gewürzt. Es ist ein landestypisches Gericht, das man mitten auf den Tisch stellt, sodass sich jeder von diesen kleinen grünen Happen nehmen kann.

Ich möchte noch ergänzen, dass man sie nicht mit Messer und Gabel ist. Man nimmt sie einfach am Stiel und beißt in ihre kleinen, köstlichen Körper hinein.

Ich war ihnen sofort verfallen, und die Tatsache, dass ich Salz liebe, erhöhte die Attraktivität meiner neu entdeckten Droge.

Wir bereisten die ganze Insel, und bald bemerkte ich, dass ich unsere Restaurants danach auswählte, ob sie dieses Gericht anboten oder nicht. Meine Sucht erhielt weitere Nahrung, als wir am Ende des Urlaubs noch einige Tage in Madrid verbrachten. Sie werden es nicht glauben – in

Leben & Träume der Pimientos de Padrón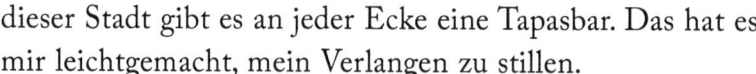

dieser Stadt gibt es an jeder Ecke eine Tapasbar. Das hat es mir leichtgemacht, mein Verlangen zu stillen.

Wieder zu Hause, entdeckte mein neu auf Pimientos de Padrón trainierter Blick, dass die kleinen Spezialitätenhändler in der Altstadt, nur zwei Minuten von meiner Wohnung entfernt, diese Pfefferschoten im Sortiment haben. Nun erraten Sie sicher mit Leichtigkeit, was ich jeden Samstag mache. Genau! Ich habe gelernt, sie zuzubereiten.

„Eines Tages wirst du selbst zum Pimiento de Padrón", warnte mich mein Mann. Dieser Satz war der Beginn der Geschichte „Leben & Träume der Pimientos de Padrón".

Er veranlasste mich, darüber nachzudenken, was ich im Leben erreichen möchte.

Was ist das höhere Ziel des Menschen?

Was willst du sein?

Was willst du werden?

Wie siehst du dich, und wie würden die Menschen deiner Umgebung dich beschreiben?

Um diesen Gedanken auf etwas einfachere Weise weiterzuspinnen, fragte ich mich: „Was wollen diese grünen Pfefferschoten im Leben?", und diese kleine, fantastische Geschichte ist die Antwort, die mir dazu eingefallen ist.

Eine kleine Warnung, bevor wir zur eigentlichen Geschichte zurückkehren. Auf jedem Teller Pimientos de Padrón finden Sie immer eine scharfe Pfefferschote, und damit meine ich richtig scharf. Welche es ist, wissen Sie erst, wenn Sie hineingebissen haben. Sie ist wie Rotkäppchens

Katherine Anne Lee

Wolf im Gewand der Großmutter. Man merkt erst, was man bekommt, wenn es schon zu spät ist.

Lassen Sie sich nun entspannt vom Wind davontragen in das Land der Hoffnungen und Träume der Pimientos de Padrón.

Die Geburt unserer Seele 1

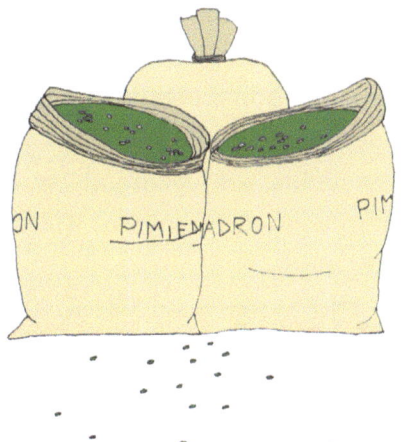

Hier beginnt unsere Reise in ein fruchtbares Land. Wie ein Blatt, das den Winter überstanden hat und undankbarer Weise von seinem Baum abgeworfen wurde, segeln Sie durch die Luft. Blicken Sie nach unten. Was sehen Sie in diesem fernen Land?

Sie blicken auf viele Hektar hügeliges, reiches Land hinab. Der Winter ist gerade zu Ende gegangen, und eine silbrige Schicht Morgentau bedeckt die Hügel. Nun, Winter ist eigentlich nicht das passende Wort in dieser Ecke der Welt – die Temperatur sinkt im Grunde niemals unter null. Dennoch gibt es dort vier Jahreszeiten, und diese trägt offiziell die Bezeichnung Winter.

Sobald die ersten Sonnenstrahlen die Erde berühren, nimmt der Boden eine dunkle, schokoladenbraune Farbe an. Noch wächst nichts, und während Sie durch die klare, kalte Luft gleiten, können Sie hören, wie in der Ferne ein Motor angelassen wird.

Es ist sieben Uhr morgens und Bauer Gonzales hat seinen Arbeitstag begonnen. Eine Viertelstunde später fährt sein roter Traktor die Hügel hinauf und hinab und gräbt die fruchtbare Erde um, um sie für die Aussaat in der kommenden Woche vorzubereiten.

Am späten Nachmittag, nach einem kurzen Imbiss unter einer alten Eiche, stellt Bauer Gonzales seinen letzten Acker

Leben & Träume der Pimientos de Padrón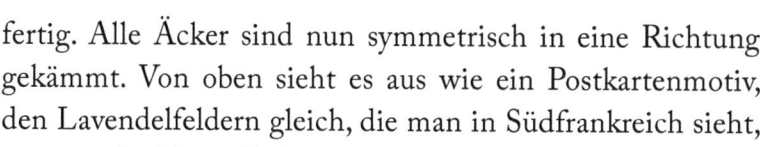

fertig. Alle Äcker sind nun symmetrisch in eine Richtung gekämmt. Von oben sieht es aus wie ein Postkartenmotiv, den Lavendelfeldern gleich, die man in Südfrankreich sieht, nur von dunklerer Farbe.

Als der Tag zur Neige geht, färbt die Abendsonne die Szenerie in ein orangebraunes Bild, die alte Eiche ist der einzige grüne Fleck darin. Darüber kommen die Sterne am dunkelblauen Himmel hervor und funkeln in Erwartung kommender Ereignisse.

Mit dem vollständigen Herabsinken der Nacht legt sich Stille über das Land, und die Bauernhöfe löschen einer nach dem anderen das Licht.

In der Scheune ist aufgeregtes Rascheln von Samen zu hören, aus ihnen wird das Land in naher Zukunft Pflanzen hervorbringen. Sie sind die Seelen des Landes, die Seelen der Pimientos de Padrón. Seit Generationen pflanzt man sie. Sie wachsen und bringen Pflanzen und ihre Pfefferschoten hervor. Ihre beständige Wiedergeburt hat ihnen ermöglicht zu erfahren, wie sich das Leben entwickelt, Jahrzehnt um Jahrzehnt. Das Wissen, das sie speichern, ist einzigartig, und es gibt keinen Bereich des Lebens, über den man sie nichts gelehrt hat.

*****

Die schweren Säcke voller Samen, die nur ein starker Mann hochzuheben vermag, stehen aneinandergelehnt in mehreren Reihen. Im Inneren der Jutesäcke reiben die

Samen des Lebens mit rhythmischer Melodie aneinander. Sie singen von vergangenen Leben und ihren Hoffnungen für die Zukunft, von saftig grünen Blättern und betörenden Blüten, die ihren Knospen entspringen werden. Es ist ihre Bestimmung, als wunderschöne, Wind und Wetter trotzende Pflanzen die zukünftigen Pimientos de Padrón hervorzubringen. Sie werden ihre Lebensaufgabe perfekt erfüllen, damit ihre Pfefferschoten auch ganz bestimmt zu prallem Gemüse mit schimmernder Haut heranwachsen. Ihre Adern schenken Leben und geben Nahrung und benötigtes Wissen weiter. Das ist ihre Bestimmung, ihr Daseinsgrund.

Das Innere der Säcke, die das Leben enthalten, ist wie eine Höhle voller Gläubiger, die den Mond oder gar Planeten anbeten, indem sie zum einfachen Rhythmus einer Trommel tanzen. Sie alle bewegen sich in dieselbe Richtung, strecken die Arme in die Luft und preisen das Leben. Ihre stampfenden Füße wirbeln mit jedem Schlag roten Staub auf.

Die Hitze nimmt zu, und ihre dampfenden Körper reflektieren das schwache Licht, das in die Höhle dringt. In der Luft liegt ein salziger Geschmack, der Geruch von Holz und aufgewirbeltem Staub mischt sich darunter. Sich auf und ab bewegend und umherwirbelnd bringen sie sich gegenseitig in Wallung.

Seelen finden Seelen und tanzen gemeinsam zum Rhythmus der Musik. Jede Bewegung erzählt eine Geschichte vom Leben und seinem Sinn.

Leben & Träume der Pimientos de Padrón

Das Trommeln wird intensiver, ein Schwall weichen Sandes wirbelt durch die Luft und streichelt die Seelenkörper. Der Rhythmus beschleunigt sich. Hitze steigt auf und die Spannung steigert sich ins Unerträgliche, als die Samen einander in ekstatischer Bewegung berühren.

Zuerst entschlüpfen den Lippen einiger nur einzelne Freudenrufe, doch bald streckt die ganze Menge ihre Arme in den Himmel und kreischt vor Erregung.

In Vorfreude sehnen sie sich nach dem Moment, in dem sie auf einem der Äcker freigesetzt werden und der feuchte Boden ihre Körper umschließt. Das wird der Augenblick sein, in dem ihre Hülle dem wachsenden Druck in ihrem Inneren nachgeben kann. Sie werden aufbrechen, und das Leben wird herausströmen. Ihre Seelen werden frei sein, und es wird keinen Blick zurück mehr geben. Bald wird sich ihr Schicksalsweg vor ihnen öffnen.

Die nächsten Trommelschläge lassen die Menge zur Ruhe kommen und befördern sie in einen sanfteren Trancezustand. Die Bewegungen verlangsamen sich und ihr Atem beruhigt sich, während sie in vollkommener Harmonie gegeneinander schwingen und Kraft für den nächsten Höhepunkt sammeln.

Ihre Lieder und Gebete bleiben nicht ungehört. Sie sind nicht allein in der Scheune des Bauern. Kaum ist draußen alles ruhig, verlassen die Mäuse ihr sicheres Zuhause.

Seit Jahren leben sie in den Speichern des Bauernhofes. Generation um Generation ist in den Schuppen aufgewachsen und hat sich an der reichen Nahrung ergötzt. Ihre

Nester sind behaglich und warm, und manche sind tief in den Boden hinein gegraben. Gänge verbinden sie und sorgen für ein gesundes gemeinschaftliches Miteinander.

Doch nicht alle sind glücklich darüber, dass sie da sind. Die Maßnahmen, die ergriffen wurden, um ihre Population zu verringern, mögen erfolgreich gewesen sein, doch ihre großen Ohren und schwarzen Augen leisten ihnen gute Dienste. Auch haben sie gewitzte Strategien entwickelt, um die Katzen des Bauern auszutricksen.

Gemeinsam einigen sie sich auf einen Plan, bevor sie ihr geschütztes Zuhause verlassen. Sie teilen sich in Gruppen auf, bestimmen einen der ihren zum Späher und verlassen ihre Löcher. Als Erstes gehen die Wachen in Position. Sobald sie sicher sind, dass die Luft rein ist, geben sie den wartenden Gruppen Signale. Eine nach der anderen kommen die Mäuse hervor, huschen über den Scheunenboden und finden sich dann wieder zu Gruppen zusammen. Heute Nacht sind es drei Trupps. Der erste wird von der linken Seite angreifen. Der zweite von der rechten Seite, und der dritte – nun, den dritten Trupp bilden die Grenadiere, also die unerschrockensten Mäuse, die sich geradewegs auf die begehrten Leckereien stürzen.

Die linke und die rechte Gruppe huschen die Scheunenwände entlang. Hin und wieder verlangsamt ihr Anführer, blickt nach links, nach rechts und zurück zu den Wachen. Alles läuft nach Plan – schnell hasten sie weiter.

Die Grenadiere schleichen in drei kleinen Untergruppen quer durch den Raum. Die Befehlshaber geben ihren Trupps mit dem Schwanz Signale. Schritt für Schritt huschen sie über den Lehmboden. Alle zehn Schritte ducken sich die furchtlosen Mäuse und legen ihre Köpfe auf dem kühlen Untergrund ab, während ihr Befehlshaber die Lage prüft. In der Scheune ist alles ruhig. Nur das leise Tapsen ihrer auf Zehenspitzen an den Wänden entlang laufenden Freunde und Verwandten ist zu hören. Ein staubiger Duft nach Holz liegt in der Luft, und durch einen Riss in der Wand fällt etwas Mondlicht auf den Boden der Scheune. Außer ihnen rührt sich nichts.

Sobald sie wissen, dass die Luft rein ist, laufen sie weiter, bis sie an ihr Ziel gelangt sind. Sie versammeln sich um einen Jutesack mit Samen und teilen sich erneut auf, als der Befehlshaber seine Soldaten anweist, einfache Einstiege zu finden. Die Mäuse krabbeln die Jutesäcke hinauf, laufen auf und ab. Ihre leichten Schritte stimmen ein in den Rhythmus der Samen, massieren die Füllung des Jutesacks, doch eine Öffnung ist nicht zu entdecken.

Der Duft der Samen ist verlockend, und nicht alle Mäuse können ihm widerstehen. Ein junger Grenadier wird davon überwältigt. Der himmlische Duft erfüllt sein Näschen, und der zum Bersten gefüllte Sack unter seinen Füßen ist einfach zu viel für ihn. Er kann sich nicht mehr beherrschen, wirft sich auf den Rücken und reibt sich am Jutesack. Der Duft wird intensiver, er schließt seine Augen und lässt seinen Gedanken freien Lauf. In seiner Fantasie liegt er auf einem Bett aus Körnern, und die schönsten Mäusedamen himmeln ihn an. Er streckt seine Glieder, verliert das Gleichgewicht, und bevor er weiß, wie ihm geschieht, saust er den Sack hinunter. Schreckerfüllt sieht er den Boden und seinen Befehlshaber auf sich zu rasen, doch er kann nichts tun, um seinen Sturz aufzuhalten. Mit einem dumpfen Plumps landet er auf dem Lehmboden. Alles wird schwarz und kleine Sternchen trüben seinen Blick.

Nach einer Millisekunde des Schreckens wissen die Grenadiere, dass sie schnell handeln müssen. Sofort heben zwei Kollegen ihn auf und tragen ihn in ihre Behausung zurück. Das Letzte, was er vor seinem unrühmlichen Abgang sieht, ist der stechende Blick seines Befehlshabers. Er hat die Gruppe in Gefahr gebracht.

Währenddessen versammelt sich eine Gruppe Mäuse am Fuße eines der Jutesäcke. Auf Befehl stürzen sie sich auf das Gewebe und beißen und knabbern abwechselnd daran herum. Ihre harte Arbeit wird bald belohnt: Zahllose Körner ergießen sich auf den kühlen Lehmboden des Schuppens. Hunderte von Seelen liegen über den Boden verstreut. Schnell füllen die Mäuse ihre Mäulchen und rennen zwischen den Säcken und ihrer Behausung hin und her. Dies ist der gefährlichste Teil der Operation. Die Aufregung ist groß, und der starke Duft der Samen raubt ihnen fast die Sinne. Wie Pfeile schießen die Blicke der Wachen durch die Scheune und – dort! Da sind sie, die blitzenden Augen ihres größten Feindes, des Bauernhofkatze. Sofort schlägt der Befehlshaber Alarm, und die Mäuse bringen sich in Sicherheit. Diejenigen, die zu weit von ihrem Zufluchtsort entfernt sind, haben keine andere Wahl, als sich zwischen

Leben & Träume der Pimientos de Padrón

den Jutesäcken zu verstecken und auf eine Gelegenheit zu warten, quer über den Boden rennen zu können. Aber die Katze des Bauern ist schnell und kennt keine Gnade. Heute Abend werden es nicht alle nach Hause schaffen.

Eine weiße Maus überschätzt sich. Mit einem Schwung befördert die Katzenpfote sie wie einen Squashball in die Ecke. Nun beginnt die Katze ihr Spiel, und die benommene Maus ist ihr Spielzeug.

Dass für eine von ihnen der Albtraum wahr wurde, ist die Rettung für die anderen. Die anderen Mäuse nutzen die Lage und rennen zurück in ihre Löcher. So manche Maus feiert diese Nacht ein Festmahl, und die Speisekammern sind für viele Tage gefüllt.

Auch wenn Hunderte von Samen verstreut wurden und Seelen für immer verloren gehen, sind doch noch Tausende übrig, deren Schicksal sich auf einem der Felder erfüllen wird. Nicht jeder Seele ist es bestimmt, geboren zu werden. Manche bleiben für immer Seelen und steigen nie zu echtem Leben auf unserer Erde auf. Der Sinn ihres Daseins ist von anderer Art und nicht immer offensichtlich. Nur die sehr vom Glück Begünstigten schreiten auf ihrem Weg voran und erblühen auf unserem Planeten.

Der Mond zieht über den Nachthimmel, während sich in der Scheune eine Maus dafür opfert, dass andere ihre Bäuche füllen und in ihren Nestern friedlich schlafen können, im Land der Hoffnungen und Träume der Pimientos de Padrón.

Unsere Wurzeln vertiefen 2

Am nächsten Tag geht die Sonne früh auf. Ihre Wärme nimmt mit jedem Tag zu, den der Sommer näher rückt. Die Mäuse liegen gemütlich in ihrem sicheren Zuhause. Ihre vollen Bäuche heben und senken sich sanft mit jedem Atemzug, während sie sich in ihren warmen Nestern aneinanderkuscheln. Eine friedliche Atmosphäre umgibt sie. Ihre Existenz ist für viele Tage gesichert.

Draußen, vor dem Bauernhaus, sitzt die Katze stolz auf der Schwelle und präsentiert den Fang der vergangenen Nacht. Mit der toten weißen Maus vor ihren Pfoten wartet die Katze auf Lob. Sie weiß, dass man ihr den Kopf tätscheln und für jeden Fang eine besondere Belohnung geben wird. Blinzelnd und mit geradem Rücken wartet sie geduldig darauf, dass die Frau des Hauses erwacht. Die Katze weiß, dass sie die Morgenzeitung holen wird, die aus dem roten Briefkasten herausschaut.

*****

Bauer Gonzales ist wie üblich früh auf. Nach einer schnellen Tasse Kaffee inspiziert er die Scheune. Über den Boden verstreute Samen sind kein ungewöhnlicher Anblick. Dennoch schüttelt er jedes Mal den Kopf. Schnell kehrt er die verschütteten Samen mit einem Besen zusammen

Leben & Träume der Pimientos de Padrón

und gibt sie in einen neuen Jutesack. Sein starker Bruder unterstützt ihn heute und hilft ihm, seine Maschinen für die Aussaat bereit zu machen.

Gemeinsam heben sie die schweren Säcke auf ihre Schultern, tragen sie ins Freie und leeren sie in einen großen Trichter hinten auf dem roten Traktor. Als die erste Ladung fertig ist, setzen sich die beiden auf die Veranda und stillen ihren Hunger mit Schinken, Brot und einer weiteren Tasse Kaffee. Ein langer Tag auf den Feldern steht ihnen bevor.

Im Inneren des Trichters herrscht bei den Samen angespannte Erwartung. Sie wissen, dass sie die ersten Seelen sind, die der Welt präsentiert werden. Sie werden als Erste echten Boden berühren, das Wasser der Erde aufsaugen und in den Himmel wachsen. Doch die Ersten zu sein, birgt auch größere Gefahr. Früh im Jahr können Naturgewalten, später auch Krankheiten, verhindern, dass sie ihre Bestimmung erfüllen. Ihr Daseinszweck besteht darin, zu großen, schönen Pflanzen heranzuwachsen, die das Zuhause der Pimientos de Padrón werden. Bang liegen sie übereinander und halten den Atem an.

Schließlich wird der Motor des Traktors angeworfen und der Trichter beginnt zu vibrieren. Die Samen reiben aneinander und stimmen einen alten Gesang an, der ihren Abschied preist. Dies ist ihr letztes gemeinsames Stück Weg.

*****

Katherine Anne Lee

Mit ratterndem Trichter rollt der Traktor den steinigen Weg zu den fruchtbaren Hügeln hinauf. Die Hitze und der aufwirbelnde Staub im Inneren des Behälters werden unerträglich. Einige Samen verlieren fast das Bewusstsein, als sich plötzlich die Bodenklappe eine Sekunde lang öffnet und etwas Luft hereinlässt. Ein automatischer Pflanzgreifer erfasst einen von ihnen, dann schließt sich die Klappe sofort wieder. Alles geschieht so schnell, dass die obenauf liegenden Samen es kaum bemerken.

Der Prozess wiederholt sich in kurzen Abständen. Einer nach dem anderen wird gepackt und in die Außenwelt gebracht. Die Samen hüpfen rhythmisch auf und ab und kommen dem Trichterboden Zentimeter um Zentimeter näher. Kaum sind sie draußen, umklammert der automatische Greifer einen Samen und vergräbt ihn in der braunen Erde. All das geschieht innerhalb weniger Sekunden, und bevor der Samen weiß, wie ihm geschieht, ist er von brauner Erde umhüllt.

An seinen Bestimmungsort gebettet, sitzt der Samen in der Erde und wartet. Der Boden bebt unter dem Gewicht der rüttelnden Landmaschine. Der Samen sitzt da und lauscht, während sich das Geräusch des Traktors langsam in der Ferne verliert.

Die Erde rundherum ist warm und feucht, die ideale Voraussetzung für ein schnelles Wachstum. Der Samen lächelt in sich hinein und wartet.

Eine Seele wurde gepflanzt.

Leben & Träume der Pimientos de Padrón

Einige Stunden später ist alles ruhig. Der Traktor hat das Feld verlassen und ist auf den Bauernhof zurückgekehrt. Der Ackerboden rund um den Samen kühlt allmählich ab und die Dunkelheit, die ihn umgibt, verwandelt sich in tiefes Schwarz. Der Samen schließt die Augen und schläft friedlich. Er wird für die nächsten Wochen alle Energie benötigen, die er nur bekommen kann.

*****

Am nächsten Tag wird der Samen durch ein klopfendes Geräusch über seinem Kopf geweckt. Wasser fällt vom Himmel. Der Boden rund um den Samen saugt sich voll wie ein Schwamm und quillt auf. Als die Erde satt ist und nichts mehr aufnehmen kann, plätschern kleine Rinnsale am Samen vorbei. Jauchzend und kichernd rollt sich die runde, lebentragende Hülse von einer Seite auf die andere und genießt das erfrischende Gefühl.

Über dem Boden erledigt die Beregnungsanlage ihre Arbeit. Sie sorgt dafür, dass der Boden sich setzt, indem sie die Felder bewässert. Das Wasser dringt tiefer und tiefer in den Boden ein, sodass die Schalen der Samen aufweichen.

Sonnenstrahlen berühren den Boden und wärmen die Erde, feuchter Duft erfüllt die Luft. Eine hauchzarte Nebelschicht steigt vom Boden auf und hüllt die Hügel in ein Geheimnis.

Tief unter der Erdoberfläche brodelt der Boden. Das Leben drängt gegen die weiche Samenhülle. Der steigende

Druck setzt dem Samen zu, sein Körper windet sich vor Qual. Er presst die Augen zusammen, stöhnt gegen den reißenden Schmerz an und versucht sich vorzustellen, wie seine Arme sich durch das Erdreich graben.

Im nächsten Moment bricht die Hülle auf. Laut ächzend und stöhnend erlaubt der Samen seinem Inneren, sich auszudehnen. Der Druck nimmt ab, der Samen nimmt mehrere tiefe Atemzüge und fällt in das weiche Polster der Erde zurück. Die Türen haben sich geöffnet und seine Arme können wachsen. Zufrieden macht es sich der Samen bequem und ruht sich aus.

Als Erstes bahnt sich jedoch ein längliches, weißliches Köpfchen einen Weg durch die Öffnung in der Samenhülle. Ein wenig unsicher blickt es nach rechts und links, dann nach oben und unten: Alles klar anscheinend. Außer dem Puls seiner Seele ist kein Laut zu hören. Die Erde unter ihm ist kompakt und fest, keine Richtung, in die es wachsen könnte. Das weißliche Köpfchen weiß das. Über ihm ist die Erde lockerer und lässt sich leicht beiseiteschieben. Da geht es lang. Das Köpfchen nimmt all seinen Mut zusammen und lässt seinen kleinen Körper aus der Hülle gleiten, während es selbst sich zwischen den nachgiebigen Erdkrumen nach oben schiebt. Ein zufriedener Ausdruck erscheint auf seinem Gesicht. Der kleine Kopf genießt es, die weiche, dampfende Erde zu spüren, die seinen gerade entstandenen Körper umgibt. Die Erdkrumen stützen seine schmale Silhouette. Er streckt sich noch etwas mehr und steckt seine Nase in das Stückchen Erde, das über ihm liegt. Es riecht feucht, eine Art moosiger Duft. Die perfekte Umgebung für eine aufkeimende Pflanze. Vollauf zufrieden mit sich bettet sich der Kopf in die nach Moos duftende Erde und schläft ein.

Im Traum sieht der Kopf sich schnell heranwachsen. Die Erde öffnet sich zu einem Durchlass, um ihm seinen Weg zu bereiten und freizumachen. Der Kopf fühlt sich wie ein Star und tanzt stolz zu einer alten eleganten Melodie, vorbei an den Erdkrumen, die bei jedem Schritt applaudieren. Er trägt einen grünen, buschigen Hut, der ihn noch größer und sehr vornehm aussehen lässt. Entlang des braunen Ruhmesteppichs knien Erdkrumen nieder und heben die Hände klatschend in die Höhe. Ihre Augen funkeln vor Aufregung. Ein neuer Star ist geboren. Hin und wieder greift der Kopf nach seinem buschigen Hut, nimmt ihn ab und verbeugt sich oder benutzt ihn einfach als Verlängerung der Hand, um der Menge zuzuwinken. Die Frauen kreischen, die Knie werden ihnen weich, sie sinken zu Boden und liegen auf dem Teppich verstreut, wo sie schließlich zu Hunderten kleiner Krümel zerfallen. Dem Kopf ist das gleichgültig, er ist der neue Star, da erwartet er nichts anderes.

Plötzlich wird seine Parade unterbrochen. Die Erde grummelt und bebt. Braune Krumen zerbröseln vor seinen Füßen und versperren ihm den Weg. Ein bohrendes Geräusch wird lauter und lauter, die Erde wird erschüttert. Der Kopf muss sich an den Boden pressen, um nicht hin und her geworfen zu werden. Das Erdreich rund um den Kopf bewegt sich im Rhythmus des Bohrers und drückt sich an die Wangen des Kopfes. Die Erde verdichtet sich und das Bohren schwillt zu unerträglicher Lautstärke an. Etwas Nasses und Glitschiges gleitet neben sein Gesicht. Die zukünftige Pflanze wird steif vor Schreck. Ein riesiger Wurm windet sich an ihr vorbei. Die Pflanze versucht zu schreien, doch sie bringt keinen Laut heraus und fällt in Ohnmacht.

Außer Atem kommt der Kopf wieder zu sich und stellt fest, dass die Lage unverändert ist. Er wird weiter hinab gedrückt, tiefer in den Boden hinein. Sein offener Mund ist voller Erdkrumen und sein Kopf ist ganz glitschig vom feuchten Körper des Wurms, der über ihn hinwegkriecht. Er kneift die Augen zusammen. Er kann nur beten und abwarten, bis sich der scheinbar endlose Körper vorbeigeschlängelt hat.

Nach einigen schrecklichen Minuten, die sich wie Stunden angefühlt haben, ist der Horror vorüber. Der bohrende Lärm entfernt sich, und der Kopf kann sich wieder bewegen. Noch etwas aufgewühlt schüttelt er sich und nimmt seine alte Haltung wieder ein.

Nichts wird ihn davon abhalten zu wachsen! Nichts wird ihn davon abhalten, sein Schicksal zu erfüllen und eine starke, schöne Pflanze zu werden! Ein Zuhause der mächtigen Pimientos de Padrón – sein einziger Daseinszweck. Kein Wurm wird verhindern, dass dies geschieht.

Entschlossen streckt sich der Kopf nach oben und schiebt sich an losen Erdkrumen vorbei. „Ha, die werden schon sehen", freut er sich und spuckt die restlichen

Leben & Träume der Pimientos de Padrón

Körnchen Erde aus. Zufrieden mit sich blickt er seinen langen Hals hinab.

„Nicht schlecht für meinen ersten Tag", zwinkert er den Erdkrumen zu. Weit unten kann er den geöffneten gelblichen Samen sehen, seine Seele, und er weiß, dass er die Hülse, der sein Leben entstammt, nun zum letzten Mal erblickt. Doch wie sehr er auch wachsen wird, immer wird er sich seinem einzigen Lebenszweck verbunden fühlen, und dieses Band wird seinen Drang nach Wissen nähren. Er weiß, dass er innerhalb weniger Tage an die Oberfläche gelangen wird, wenn er in diesem Tempo weiterwächst.

Aber der Kopf hat den nötigen Aufwand unterschätzt. Der nährende Boden unterstützt ihn auf seinem Weg, indem er alle erforderliche Energie über die Nahrung bereitstellt. Unermüdlich befeuchtet die Beregnungsanlage die Erde und spendet das Wasser des Lebens. Aber all das genügt nicht, damit der Pflanze die Reise nach oben glückt. Sie muss schnell Kraft entwickeln. Sie muss stark sein, da sich nicht alle Erdkrumen bereitwillig zur Seite schieben lassen. Manche sind steinhart und bleiben beharrlich liegen. Der Kopf muss entscheiden, ob er kämpfen oder einen Umweg um das Hindernis nehmen möchte. Solche Widrigkeiten im Leben quälen den Geist und stärken den Körper. Eines Tages wird dieser Kopf eine kräftige Pflanze sein, bereit, all das Unbekannte dort draußen zu überstehen.

Am fünften Tag schiebt der Kopf die letzten Erdkrumen beiseite und streckt sich dem blauen Himmel entgegen. Er ist angekommen. Seine Reise durch die Dunkelheit ist zu

Ende, endlich ist er in der Außenwelt angekommen. Die Beregnungsanlage wäscht die Reste brauner Erde von der jungen Pflanze ab. Sonnenstrahlen küssen ihr den Kopf. Ihre gelbliche Farbe wird nicht lange bleiben. Sonne und Wind werden ihren Kopf bald saftig grün färben.

Als die Sonne an jenem Abend untergeht, schimmern die kleinen Wasserperlen auf den Köpfchen der Keimlinge in wunderschönen Rottönen. Von Weitem scheint das Feld mit kleinen Rubinen übersät, die die Abendsonne reflektieren.

Welch schöner Anblick! Welch zauberhafte Szenerie im Land der Hoffnungen und Träume der Pimientos de Padrón!

Das Wesen unserer Seele 3

Katherine Anne Lee

An ihrem ersten Tag draußen im Freien dreht die Pflanze ihren Kopf in alle Richtungen und begutachtet ihre Umgebung. Rundum sieht sie andere junge Pflanzen, die wie sie selbst aus der Dunkelheit gekomen und in eine neue Welt eingetreten sind. Glücklich lächelt sie in sich hinein. Sie ist nicht allein. Sie hat Gefährten, die denselben Kampf durchgestanden haben und nun bereit sind, der Zukunft entgegenzublicken.

Heute sind die Felder braun, so weit das Auge reicht. Aber bald werden die Hügel in sattes Grün getaucht sein. Meilenweit wird man sie sehen und bewundern. Mit diesem positiven Gedanken nimmt die Pflanze einen tiefen Atemzug und reckt ihren Kopf der aufgehenden Sonne entgegen. Doch nicht nur ihr Kopf bewegt sich. Zugleich strecken sich zwei winzige Blätter in die Höhe. Erstaunt blickt der Kopf des Schößlings nach rechts und links. „Ich habe Arme!", ruft er. Kichern erklingt von überallher. Verwirrt blickt er sich um. Ein ganzes Feld mit Schößlingen blickt auf ihn und lacht. Beschämt zieht er seine winzigen Blätter näher an seinen Körper, um zu verdecken, was auch immer dort ist oder noch fehlt.

„Keine Sorge, wir sind alle gleich", singt eine liebliche Stimme von links. „Steh gerade, du willst ja wohl nicht, dass der Bauer dich langzieht oder gar an einen Stab bindet", warnt sie augenzwinkernd.

„Ein Stab ist nicht so schlecht", sagt eine andere Pflanze in der nächsten Reihe. „Du kannst dich daran emporwinden und brauchst dir keine Gedanken darüber zu machen, ob dein Stamm dick genug ist. Eigentlich ganz praktisch, habe ich gehört", endet sie und nickt.

„Ja, das glaub ich dir gern. Aber ich werde es allein schaffen. Hier wird kein Stab gebraucht, sag ich dir", erwidert die Pflanze zu ihrer Linken und winkt selbstsicher mit den Armen. „Übrigens, ich bin KLARHEIT, die Seele der Klarheit", sagt sie freundlich. „Herr Fauler-Stab dort drüben ist die Seele des Wundervollen Ichs oder einfach WUNDERVOLLES-ICH. Und wer bist du?", fragt sie mit einem interessierten Gesichtsausdruck.

„Hmm", überlegt die junge Pflanze. „Ich bin eine Pflanze, das zukünftige Zuhause von Pimientos de Padrón", lächelt sie und ist stolz und recht zufrieden mit ihrer schnellen Antwort. „Ja, wissen wir. Das sind wir alle. Aber wie lautet dein Name?" ruft WUNDERVOLLES-ICH den Weg hinunter. Es ist ihm anzusehen, dass er sich allmählich langweilt.

Name? Die Pflanze wundert sich und versteht nicht, wovon die anderen reden. „Ich habe keinen Namen", antwortet sie verwirrt. „Natürlich hast du einen. Du musst nur danach fragen", erklärt KLARHEIT. „Danach fragen? Wen?", erwidert die Pflanze und fragt sich verunsichert, ob sie etwas verpasst hat.

KLARHEIT und WUNDERVOLLES-ICH blicken sich belustigt an. „Du fragst dich einfach selbst. Deine Seele, deine höhere Bestimmung. Versuche es!", ermutigt sie sie. Die Pflanze schließt ihre Augen. „Einen Namen, einen Namen, ich brauche einen Namen", fleht sie sich selbst an, doch nichts geschieht.

„Also?", fragt KLARHEIT ungeduldig. „Hm, ich bin Padrón", flüstert die junge Pflanze mit nur einem offenen Auge und eingezogenem Kopf, als erwarte sie eine Ohrfeige. „Nein, das bist du nicht!", widerspricht KLARHEIT scharf. „Du machst es nicht richtig. Wie willst du jemals etwas über die Welt erfahren? Wie, glaubst du, hat WUNDERVOLLES-ICH von den Stäben erfahren? Siehst du irgendwelche Stäbe?", starrt sie sie wütend an. Die junge Pflanze hat nicht die geringste Ahnung und starrt einfach mit weit aufgerissenen Augen zurück.

„Pfff, es ist immer dasselbe. Du musst deine Seele befragen, um Antworten zu finden. Das tun wir alle. Es ist einfach!", erklärt KLARHEIT und ihr stechender Blick bohrt sich der jungen Pflanze geradezu ins Mark ihres Stängels. „So wird unser Wissen von einer Generation zur nächsten weitergegeben. Die Erde und das Wasser, die dich nähren, nähren auch deine Gedanken mit dem neuesten Wissen über die Welt. Sei unbesorgt", lächelt sie schließlich. „Deine Seele trägt alles Wissen deiner Vorfahren in sich, du musst es dir nur holen. Entspanne dich, streck dich, spüre die Sonne auf deinem Gesicht und den Wind auf deinen Blättern. Beruhige dich, spüre in dich hinein und dann –

frage", erklärt sie mit freudig erregtem Blick. Ihre beiden Blätter ruhen auf ihren Hüften.

Die Pflanze nimmt einen tiefen Atemzug, schließt ihre Augen erneut und streckt sich zur Sonne hin. „Sieht schon besser aus", bemerkt WUNDERVOLLES-ICH, doch die junge Pflanze lässt sich durch die Stimme nicht stören. Sie will ihren Namen erfahren.

Die Sonne wärmt ihren ganzen Körper. Mit geschlossenen Augen sieht alles gelb und hell aus. Ihr Geist wandert durch ihren Körper. Sie kann spüren, wie sich ihre Füße in den Boden graben. Fest steht sie da und die körnige Erde trägt sie. Wasser aus der Tiefe erfrischt ihre Adern. Alles ist in Ordnung. Sie fühlt sich wohl und ist glücklich, in friedlichem Einklang mit der Erde. Und da ist er, ihr Name ... Plötzlich kennt sie ihn. „UNSCHULD, ich bin die Seele der Unschuld", ruft die Pflanze, ohne ihre Augen zu öffnen. „Also UNSCHULD, so soll es sein", lächelt KLARHEIT.

In der Ferne lässt der Bauer seinen Traktor an.

„Oh, nehmt Haltung an, Jungs und Mädels, Bauer Gonzales ist unterwegs! Da sollten wir uns von unserer besten Seite zeigen", warnt KLARHEIT, wendet der Sonne den Rücken zu und macht sich lang. UNSCHULD, WUNDERVOLLES-ICH und die anderen machen es ihr nach. Alle blicken sie in dieselbe Richtung und präsentieren stolz ihre jungen, makellosen Körper.

Im Land der Hoffnungen und Träume der Pimientos de Padrón werden heute keine Stäbe gebraucht.

Ein Gefühl von Urvertrauen 4

Die Pflanzen wachsen schnell auf den hügeligen Feldern. Schon bald sind zwischen ihnen nur noch schmale braune Ackerfurchen zu sehen. Die grünen, buschigen Pflanzen fallen inzwischen ins Auge. Perfekt in Reih und Glied stehen sie da. Die vormals gelblich-weißen Blätter sind nun dunkelgrün und bilden einen herrlichen Kontrast zum hellblauen Himmel über ihnen.

Es ist ein heißer Tag und KLARHEIT, WUNDERVOLLES-ICH und UNSCHULD sehnen den Abend und den Moment herbei, in dem die Bewässerungsanlage anspringt.

„Gott, diese Hitze ist unerträglich. Mir läuft der Schweiß nur so runter", stöhnt WUNDERVOLLES-ICH.

„Was meinst du – wie weit komme ich wohl, wenn ich so mit meinem Hintern wackle? Glaubst du, ich schaffe es, dir ein paar Tröpfchen meiner Körperflüssigkeit auf die obersten Blätter zu spritzen?", fragt WUNDERVOLLES-ICH keck mit einer gewissen Anzüglichkeit im Blick.

„Wie kannst du es wagen! Du bist widerlich." KLARHEIT zieht eine Schnute und wendet sich demonstrativ der Sonne zu. „Ha, wenn du so weitermachst, wirst du zu einem traurigen, kleinen braunen Fleck verschrumpeln", gibt WUNDERVOLLES-ICH zurück und schwingt rhythmisch die Hüften. „An Tagen wie diesen heißt es vor allem den Kopf unten behalten, Süße. Unter den Schatten des Nachbarn huschen, wenn er einen hat", ruft er seiner Nachbarpflanze zu, die ihn ignoriert.

„Du musst zugeben, WUNDERVOLLES-ICH, dass es schwierig ist, dir Schatten zu spenden. Selbst wenn man wollte – du bist zu …", UNSCHULDs Stimme versagt; erschrocken blickt sie zu Boden, als ihr klar wird, was sie beinahe gesagt hätte. „Ich bin was?", blafft WUNDERVOLLES-ICH. „Los, sag's, was bin ich?", bohrt er beharrlich nach.

„Naja, weißt du, du bist zu … äh, kräftig", murmelt UNSCHULD und beißt sich auf die Unterlippe. „Ich habe keine Ahnung, was du da murmelst. Sieh mich an! Ja, ich bin kräftig, dick und stark", sagt WUNDERVOLLES-ICH, reckt sich dabei stolz himmelwärts und lässt dabei seine Muskeln spielen. Aber die kaftstrotzende Kämpferpose ist zu viel. Seine Mitte gerät aus dem Gleichgewicht, und im nächsten Moment sieht er trockene Erdkrumen in Lichtgeschwindigkeit auf sich zu rasen.

„Wähhh …", buff. WUNDERVOLLES-ICH landet mit dem Mund voraus auf der Erde in der schmalen Furche zwischen ihm, KLARHEIT und UNSCHULD. „Pfff …", gibt KLARHEIT lachend von sich, während UNSCHULD erschrocken zu begreifen versucht, was passiert ist. „Ich seh' nichts mehr, ich seh' nichts mehr", schreit WUNDERVOLLES-ICH und spuckt trockene Erdklümpchen aus.

„Keine Sorge, du bist genau dort, wo du sein sollst. Mir zu Füßen." KLARHEIT prustet vor Lachen. „Hach, es kitzelt mich ein wenig am linken Fuß. Würde es Dir etwas ausmachen, mich dort zu kratzen, WUNDERVOLLES-ICH?", neckt KLARHEIT ihn.

„Hör auf zu lachen, das ist nicht lustig! Hilf mir!", befiehlt WUNDERVOLLES-ICH verzweifelt. Er ist immer noch damit beschäftigt, seinen Rachen zu reinigen. „Meine Augen sind verklebt. Es tut weh", fährt er fort und schluchzt vor sich hin.

„Nun, jetzt hast du Schatten", sagt UNSCHULD, um ihn zu beruhigen, aber sie ist tatsächlich ein bisschen besorgt. „Ja, betrachte es von der guten Seite, WUNDERVOLLES-ICH, ausnahmsweise bist du einmal vollständig bedeckt, wenn auch mit Staub", kichert KLARHEIT. „Helf mir doch mal einer! Kommt jetzt her und packt mit an!", fordert WUNDERVOLLES-ICH verärgert.

UNSCHULD zwinkert nervös und versucht, sich hinab zu beugen. „Tu das nicht! Du brichst in der Mitte durch! Wir sind zu groß dafür", warnt KLARHEIT. „WUNDERVOLLES-ICH muss sich nur beruhigen und etwas warten. Bald springt die Bewässerungsanlage an. Mit der Kraft des Wassers werden die Wurzeln von WUNDERVOLLEM-ICH ihn wieder aufrichten können."

„Pfff, Wasser! Wer braucht Wasser! Schaut her, ich brauche keine Hilfe", protestiert WUNDERVOLLES-ICH und sammelt seine Kräfte. Er pumpt all seine sogenannten Muskeln, die aufgrund des Sturzes zum Bauch hinab gerutscht sind, wieder zur Brust hinauf. „Uaaaah", brüllt WUNDERVOLLES-ICH und kneift die Augen zusammen. Seine Fingerknöchel färben sich rot und Tränen rinnen seine staubigen Wangen hinab, als es ihm schließlich gelingt, den Kopf vom Boden zu heben. Sein Rückgrat krümmt sich wie das einer Katze unter Strom. Zitternd von Kopf bis Fuß verharrt er einige Sekunden in dieser Haltung und zeigt seine weißen Zähne. Speichel rinnt ihm aus dem Mundwinkel.

„Aarrgh", schreit er und kippt rückwärts wieder zu Boden. Er schaut wie ein begossener Pudel. Er hat nicht genug Energie, um sich allein wieder aufzurichten.

UNSCHULD zwinkert nervös und blickt hilfesuchend zu KLARHEIT hinüber. „Wir müssen etwas tun, KLARHEIT. Er ist unser Freund, wir können ihn nicht so liegen lassen", fleht UNSCHULD.

„Alles, was er tun muss, ist warten und beten. Er ist im Schatten, ihm geschieht nichts", seufzt KLARHEIT. „UNSCHULD, meine einzig wahre Freundin." WUNDERVOLLES-ICH weint lautlos in die braune, lebensspendende Erde und hat ungeheuer Mitleid mit sich selbst.

Stück für Stück wandert die Sonne langsam über den Himmel. Jeder ihrer Strahlen trocknet das Land weiter aus. So wie die Sonne Leben schenkt, nimmt sie es auch. Alles hat seinen Preis, und jede Handlung hat Konsequenzen.

Ein Bussard zieht auf der Suche nach einem Appetithappen am Nachmittag seine Kreise über dem Feld. Mit nur drei Flügelschlägen gleitet er scheinbar endlos über den blauen Himmel. UNSCHULD, die ihn beobachtet, zählt mehr als 30 Sekunden, bis sie fern ein schlagendes

Geräusch vernimmt, das sanft über das schweigende Land weht. Es stammt von den Flügelbewegungen des Kriegers, die ihn mühelos hoch am Himmel stehen lassen. Als spürte sie den durch den Vogel verursachten Windhauch, schließt UNSCHULD die Augen, lehnt sich einen Moment zurück und stellt sich eine kühle Brise vor, die ihr das Gesicht streichelt.

„Eines Tages werde ich auch so fliegen!", flüstert UNSCHULD in den imaginären Lufthauch hinein und beginnt erneut zu zählen.

„Die Minuten sind lang genug, du brauchst mich nicht daran zu erinnern, wie langsam sie tatsächlich vergehen", jammert WUNDERVOLLES-ICH und schlägt frustriert auf den Boden.

Erdkrumen fliegen durch die Luft, und so schnell wie sie aufsteigen, fallen sie wieder zu Boden und finden irgendwo Unterschlupf. Der aufgewirbelte Staub kitzelt WUNDERVOLLES-ICH in der Nase und bringt ihn erneut zum Prusten. „Verhalte dich lieber ruhig und spar dir deine Energie", mahnt ihn KLARHEIT.

„Du weißt schon, dass du niemals fliegen wirst, oder?", fragt KLARHEIT UNSCHULD vorsichtig. „Wir sind die Heimat der Pimientos de Padrón. Die Pflanzen, die die Pimientos mit all dem versorgen, das sie optimal darauf vorbereitet, es eines Tages mit der Welt aufzunehmen. Wir sind die Seelen der Zukunft der Welt", erklärt KLARHEIT stolz, ohne auf eine Antwort von UNSCHULD zu warten.

„Nun, vielleicht wird eines Tages eine meiner Pfefferschoten für mich fliegen", flüstert UNSCHULD schüchtern, ohne den Bussard aus den Augen zu lassen.

„Ja, definitiv. Wenn es das ist, was sie wollen, werden sie alles bekommen, was sie dafür brauchen. Sie müssen nur ihren Geist darauf ausrichten, hart arbeiten und daran glauben", lächelt KLARHEIT.

In der Ferne fährt Bauer Gonzales' Traktor den Berg hinauf. „Sieht aus, als hättest du Glück, WUNDERVOLLES-ICH", bemerkt KLARHEIT und streckt ihren Stängel, um sich groß zu machen.

„Wird auch Zeit", murrt WUNDERVOLLES-ICH und drückt sein Ohr an den Boden, um herauszufinden, in welche Richtung Bauer Gonzales fährt.

Wenig später beginnt die Erde um sie herum zu beben. Die Pflanzen sind nun schon so buschig, dass der Traktor nicht mehr über das Feld fahren kann, ohne den jungen Blättern Schaden zuzufügen. Daher fährt Bauer Gonzales langsam am Rande des Feldes entlang und inspiziert jede Reihe mit kundigem Blick. Je mehr er sich der Reihe von WUNDERVOLLEM-ICH nähert, desto mehr Erdkrumen vibrieren im Rhythmus des Motors und tanzen dem armen WUNDERVOLLEN-ICH auf dem Kopf herum.

„Ich bin hier, ich bin hier!", quiekt WUNDERVOLLES-ICH ängstlich und bekommt dabei noch mehr Staub in den Mund.

„Bleib ruhig! Du bekommst noch eine Lungenentzündung, wenn du zu viel Staub schluckst", befiehlt KLARHEIT von oben.

„Ha, du da oben hast leicht reden! Was, wenn er mich übersieht? Die Nacht könnte für mich das Ende bedeuten, wenn diese widerwärtigen kleinen Mäuse und Maulwürfe aufkreuzen. Ich werde ihnen nicht als Abendessen dienen, das sag ich dir! All dein Gerede über die Zukunft der Welt – was glaubst du, wer das in die Hand nimmt, wenn es mich nicht mehr gibt?", prustet WUNDERVOLLES-ICH, während sein Kopf vor Aufregung auf und ab wippt.

„Es ist ja nicht so, dass Bauer Gonzales dich hören kann, WUNDERVOLLES-ICH, König der Zukunft", lacht KLARHEIT.

Der Motor des Traktors verstummt und ein schwerer Plumps lässt darauf schließen, dass Bauer Gonzales von seinem Fahrersitz gesprungen ist.

„Was macht er?", fragt WUNDERVOLLES-ICH verzweifelt. „Sieht aus, als suche er etwas auf dem Anhänger", erklärt UNSCHULD, die sich müht, an den Zweigen ihrer Nachbarn vorbei zu spähen.

„He, Leute, macht Platz, damit meine Freundin UNSCHULD sehen kann, was vor sich geht!", ruft WUNDERVOLLES-ICH die Reihe hinunter, aber keiner reagiert. „Du glaubst doch nicht ernsthaft, dass wir uns in Gefahr bringen, nur um zu sehen, was Bauer Gonzales bei seinem Anhänger macht, oder? Womöglich isst er nur gerade zu Mittag und beißt in sein belegtes Brötchen", neckt KLARHEIT ihn.

„Es klingt eigentlich nicht nach einem Brötchen, KLARHEIT. Eher, als würde er Werkzeug sortieren", sagt UNSCHULD und versucht, die scheppernden Laute zu deuten, die vom Anhänger zu ihnen herüber dringen. „Du bist manchmal so langweilig! Du musst wirklich lernen, jemanden einfach auch mal zu foppen. Das macht Spaß!", fügt KLARHEIT hinzu und verdreht die Augen in Richtung UNSCHULD.

„Nichts für ungut, wirklich. Wenn Bauer Gonzales nach einer Schaufel sucht, ist das keine gute Nachricht für WUNDERVOLLES-ICH", verteidigt UNSCHULD sich heftig. „Ach, was!", schreit WUNDERVOLLES-ICH. „Wie kannst du es wagen, das zu sagen! Du bist meine Freundin! Das ist gemein! Niemand will mich umgraben, nicht wahr?", fragt WUNDERVOLLES-ICH verzweifelt und versucht, über seine Schulter zu blicken.

„Nein, nein, natürlich nicht. So habe ich es nicht gemeint. Ich wollte nur sagen, dass ich nicht weiß, wonach Bauer Gonzales sucht. KLARHEIT hat alles durcheinander gebracht." UNSCHULD versucht, die Situation zu klären, während KLARHEIT sich vor Lachen schüttelt.

Schwere Schritte nähern sich ihnen und beenden die Diskussion. WUNDERVOLLES-ICH presst die Augen zusammen und murmelt ein Gebet.

„Oh!", entfährt es KLARHEIT, als sie Bauer Gonzales vollständig sehen kann. „Was?", quiekt WUNDERVOLLES-ICH. „Das wird dir gefallen", flüstert UNSCHULD, um WUNDERVOLLES-ICH zu beruhigen. Bauer Gonzales bückt sich zu WUNDERVOLLEM-ICH hinunter und hebt ihn auf, um seinen Stängel und seine Blätter zu prüfen.

„Was ist denn mit dir passiert, mein Kleiner?", murmelt Bauer Gonzales vor sich hin und tupft sich die Stirn trocken, während er WUNDERVOLLES-ICH wieder hinlegt.

Bauer Gonzales hebt einen Arm und stößt mit einer Bewegung etwas in den Boden. Die Erde rund um die Wurzeln von WUNDERVOLLEM-ICH wird zusammengedrückt und eine seiner dünnen Adern durchtrennt. WUNDERVOLLES-ICH beißt sich vor Schmerz auf die Lippen und versucht, nicht laut aufzuschreien.

„Das ist nicht schlimm, WUNDERVOLLES-ICH. Es wird heilen", ruft UNSCHULD schnell über die Furche hinüber.

„Er bringt mich nicht um?", flüstert WUNDERVOLLES-ICH zurück, als läge er schon im Todeskampf. „Nein. Es geht dir gleich besser. Warte nur ab", beruhigt KLARHEIT ihn.

Mit einem Holzhammer schlägt Bauer Gonzales den Stab tiefer und tiefer in den Boden. Jeder Schlag erschüttert den Boden und versetzt dem Kopf des armen WUNDERVOLLEN-ICHs einen Stoß.

„Fertig", sagt Bauer Gonzales zu sich selbst und lässt den Hammer zu Boden fallen. Vorsichtig hebt er WUNDERVOLLES-ICH erneut auf und drückt seinen Stängel gegen einen kühlen Metallstab. Schnell windet er Garn um Stängel und Stab, bis WUNDERVOLLES-ICH wieder vollkommen aufrecht steht.

„Nun ist Schluss mit dem Unsinn!", warnt Bauer Gonzales noch, hebt seinen Hammer auf und geht zu seinem Traktor zurück.

Die Erde hüpft im Rhythmus des Traktors und WUNDERVOLLES-ICH drückt sich noch näher an seinen Lebensretter, den Stab.

„Jetzt hast du, was du dir immer gewünscht hast. Deinen eigenen Stab!", kommentiert KLARHEIT.

„He, WUNDERVOLLES-ICH, da bist du ja wieder! Ich freu mich so für dich", singt UNSCHULD glücklich und stahlt über ihr ganzes Gesicht.

„Ah, ich bin so gesegnet. Danke. Danke." WUNDERVOLLES-ICH umklammert den Stab und lehnt seinen Kopf an das kühle Metall. Sein Kopf schmerzt, er ist erschöpft, aber glücklich, am Leben zu sein und wieder aufrecht zu stehen.

Als die Sonne untergeht, geht die Bewässerungsanlage an und wäscht den ganzen Staub ab. Ein Zuhause ist gerettet und neue Hoffnung keimt auf im Land der Hoffnungen und Träume der Pimientos de Padrón.

Die Richtung unserer Träume 5

Katherine Anne Lee

Es dauert nicht lange, da ist WUNDERVOLLES-ICH wieder ganz der Alte. Sein Selbstvertrauen wird sogar noch größer, weil er sich durch seinen neuen Freund, den Stab, sicher und gehalten fühlt. Sehr zum Ärger seiner Nachbarn. Doch lange beschäftigt sie dieser Ärger nicht. Die alten Seelen bringen ihre Energie zur Oberfläche. Es ist an der Zeit zu blühen. Es ist an der Zeit, sich zu zeigen. Jedes Zuhause der Pimientos de Padrón ist nun bereit, die winzigen weißen Blüten zukünftigen Lebens hervorzubringen.

„Meine Finger fühlen sich an, als würden sie bersten. Ich kann meinen Puls in jeder Fingerspitze spüren", stöhnt KLARHEIT. „Ich wünschte, sie würden sich beeilen. Ich will meine Blüten sehen und nicht spüren, wie sie pulsieren", fährt sie fort und verdreht die Augen.

„Du kannst dir meine ansehen, wenn du willst", grinst WUNDERVOLLES-ICH triumphierend und lässt seine geschmückten Finger baumeln, sodass jeder sie sehen kann. „Sind sie nicht schön? Sieh dir die drei an! Oh, und da – das kannst du von deinem Platz da drüben natürlich nicht sehen – ich kann dir sagen, da sind noch fünf weitere herrliche Blüten", prahlt WUNDERVOLLES-ICH und hebt provozierend die linke Augenbraue, während er KLARHEIT einen Blick zuwirft.

„Du bist ja nur deswegen so früh dran, weil dich der Stab aufrecht hält und du Energie sparen kannst. Wir müssen unsere Kräfte etwas besser einteilen", gibt KLARHEIT zurück. Sie ist verärgert, weil sie einmal nicht die Klassenbeste ist.

„Naja, wir können eben nicht alles haben. Aber keine Sorge, auch deine Blüten werden sich in den nächsten Stunden öffnen. Du wirst die Nummer zwei sein. Die Knospen der kleinen UNSCHULD sind noch grün. Keine Chance, dass sie dich überholt", erwidert WUNDERVOLLES-ICH und streut süffisant Salz in die Wunde.

„Ich hab es nicht eilig. Mir ist es egal, wenn meine Blüten etwas später kommen. Wir haben alle Zeit der Welt. Solange es ihnen nur gut geht – das ist das Einzige, was zählt." UNSCHULD lächelt offen und blickt an ihren Armen hinauf und hinunter.

„Du hast keine Spur von Kampfgeist! Es macht überhaupt keinen Spaß, sich mit dir zu messen", blafft WUNDERVOLLES-ICH, aber UNSCHULD reagiert nicht.

„Achte einfach nicht auf ihn. Es ist vollkommen in Ordnung, wenn du dir Zeit lässt und so. Aber weißt du, zu einem bestimmten Zeitpunkt werden sich unsere Blüten in Pfefferschoten verwandeln und sie müssen ganz und gar reif sein, wenn sie gepflückt werden. Wenn sie zu klein oder zu gelb sind, enden sie vielleicht als Viehfutter. Du musst es zeitlich perfekt planen. Wenn du zu früh bist … " – KLARHEIT blickt WUNDERVOLLES-ICH mit erhobener Augenbraue an, doch der knurrt nur angesichts des Angriffs von der Seite – „ … oder zu spät, könnte dein Weg schnell woanders hinführen", erklärt KLARHEIT.

„Und was ist verkehrt an Viehfutter?", fragt UNSCHULD.

„Nichts ist verkehrt daran. Es ist vollkommen notwendig, manche müssen das machen. Ich persönlich würde jedoch nicht wollen, dass meine Pfefferschoten in Schweinetröge geschüttet werden", fährt KLARHEIT fort.

„Ein Schweinetrog ist nicht das eleganteste Ende. Aber wie wär's mit einem Pferdetrog?", fragt UNSCHULD weiter.

„O nein, da wirst du vielleicht groß und stark und bist voller Energie, um über Felder zu galoppieren. Aber die majestätische Schönheit ist dein Ende. Wer will schon zu Leim werden?", platzt WUNDERVOLLES-ICH heraus.

„Leim? Warum sollte irgendjemand zu Leim werden wollen? Ich spreche von einem stolzen Pferd", sagt UNSCHULD, die verwirrt versucht, sich klar auszudrücken.

„Ach was, UNSCHULD, in dieser Gegend isst man nicht viel Pferd. Da sind die ganzen Pferdeliebhaber, die mit Transparenten vor den Schlachthöfen stehen und dagegen protestieren. Wenn du es tatsächlich schaffst, am wütenden Mob vorbeizukommen und als ein Stück Fleisch zu enden, wer wird dich essen? Die Leute servieren nicht gern Pferdefleisch. Man lädt keine Freunde zu sich ein und bietet ihnen ein saftiges Pferdesteak an. Das kommt nicht gut an", erklärt WUNDERVOLLES-ICH unverblümt.

Leben & Träume der Pimientos de Padrón

„Ich hab keine Ahnung, wovon du sprichst. Ich überlege, wie es ist, Teil der wunderbaren und freien Energie eines Pferdes zu sein."

UNSCHULD versteht nicht, worauf WUNDERVOLLES-ICH hinaus will. „Freie Pferde? Ha, Pferde sind nicht frei. Sie ziehen Wagen und tragen Menschen. Nachts werden sie in eine kleine Zelle gesperrt. Wenn ihr Leben endet, ist es definitiv zu Ende. Dahin wird dein Weg dich führen. Du wirst nichts weiter als ein gutaussehender Packesel sein." WUNDERVOLLES-ICH lacht.

„Hm, ich gebe dir Recht. Von außen sieht es wie ein besseres Schicksal aus. Aber wenn man den Weg des Tieres gehen möchte, ist es besser, an ein Schwein, eine Kuh oder ein Huhn verfüttert zu werden. In den meisten Fällen hat man wenigstens die Chance, erneut einen Treffer zu erzielen und das am weitesten entwickelte lebende Wesen zu werden", philosophiert KLARHEIT.

„Aber warum einen Umweg machen. Wir sind in der glücklichen Lage, alles nur einmal durchmachen zu müssen. Wir nehmen den direkten Weg", lächelt WUNDERVOLLES-ICH selbstsicher und wirft seinen Blüten Küsse zu.

„Ich weiß nicht, was du meinst. Den direkten Weg wohin?", fragt UNSCHULD flüsternd in dem Gefühl, wieder etwas verpasst zu haben.

„UNSCHULD, wirklich! Du machst einfach deine Hausaufgaben nicht. Du hast eine alte Seele, die vor Wissen überfließt. Warum benutzt du sie nicht?", schimpft

KLARHEIT. „Benutzen? Wofür?", fragt UNSCHULD schüchtern.

„Um den Sinn des Lebens zu finden. Wozu du hier bist. Wohin du gehst und welche Möglichkeiten du hast. UNSCHULD, du musst wissen, welches der beste Weg ist", erklärt KLARHEIT.

„Jawoll, wir wissen, wohin wir gehen, nicht wahr, meine Damen? Ist mir ganz klar. Wir werden eines Tages große Nummern sein", sagt WUNDERVOLLES-ICH mit einem verträumten Gesichtsausdruck und bewundert seine frischen Blüten.

„Ich weiß, wir sind das Zuhause von Pimientos de Padrón, dem zukünftigen Leben. Gehören denn Tiere nicht zum zukünftigen Leben?", fragt UNSCHULD.

„Natürlich tun sie das, voll und ganz. Aber wenn du die Wahl hast – willst du dann nicht an der Spitze der Nahrungskette stehen? Einer von denen sein, die aufrecht gehen und die Entscheidungen treffen?", legt KLARHEIT ihr nahe.

„Meine Schoten werden definitiv in Menschen übergehen. Erfolgreiche Menschen. Wir werden keinen Spaß auslassen", platzt WUNDERVOLLES-ICH dazwischen. „Jeder versteht eben etwas anderes unter Spaß und Erfolg." KLARHEIT verdreht die Augen und blickt WUNDERVOLLES-ICH an.

„Du wolltest, dass deine Pfefferschoten fliegen, nicht wahr? Du hast die Wahl. Ein Bussard zu werden, scheidet aus, sie fressen keine Pimientos de Padrón. Ein Sperling

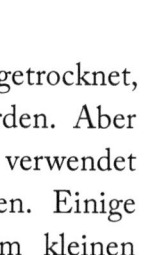

könntest du werden, wenn deine Pfefferschoten getrocknet, zerstampft und als Vogelfutter verwendet werden. Aber das ist nahezu unmöglich. Bauer Gonzales verwendet seine Ernte nicht, um Vogelfutter herzustellen. Einige getrocknete Reste werden vielleicht von einem kleinen Vogel aufgepickt, aber darauf kannst du dich nicht verlassen. Es würde viel Energie und Planung erfordern, dieses Ziel zu verwirklichen. Aber wie wäre es, wenn du eine dieser fliegenden Maschinen lenken würdest? Du weißt schon, die großen am Himmel!", lächelt KLARHEIT.

„Flugzeuge, sie heißen Flugzeuge, und wenn ihr eure Sache gut macht, also wirklich richtig gut, so wie meine Kleinen, dann werdet ihr so einen Jet in Kleinausgabe ganz für euch allein haben", setzt WUNDERVOLLES-ICH wissend hinzu. „He, UNSCHULD, sorge dafür, dass ein paar von deinen Früchtchen Jet-Piloten werden, dann kannst du meine um die Welt fliegen", grinst WUNDERVOLLES-ICH frech.

„Flugzeuge", wiederholt UNSCHULD.

„Nein, Jet heißt das Wort, das du dir merken solltest", korrigiert WUNDERVOLLES-ICH. „Woher kennst du Flugzeuge?", fragt UNSCHULD, die unbedingt mehr über die fliegenden Maschinen erfahren möchte.

„Ach, das sag ich dir doch die ganze Zeit! Nutze deine Seele! Deine Seele verfügt über all das Wissen, das du brauchst. Sie ist so viele Male wiedergeboren worden, sie weiß alles über die Welt. Sie kann dir jede Frage beantworten, die du dir stellst. Blicke nur nach innen, und du wirst deine Antwort finden", erklärt KLARHEIT mit glänzenden Augen.

„Wie mache ich das?", fragt UNSCHULD und spürt, dass sie gleich wieder gescholten wird.

„UNSCHULD, das haben wir doch schon gehabt. Erinnerst du dich, wie du deinen Namen gefunden hast? Was musstest du dafür tun?" KLARHEIT blickt sie mit ernstem Gesichtsausdruck an. „Ah, du meinst, tief atmen und mich mit meiner Seele verbinden?", fragt UNSCHULD vorsichtig.

„Genau! Atme tief und lass alle störenden Dinge, die nicht zu dir gehören, los. Du musst deinen Geist klären, um dich zu öffnen. Ich meine, dummes Zeug, wie das, was WUNDERVOLLES-ICH zu dir gesagt hat, meiden. Schmeiß es einfach hinaus aus deinem Geist. Du brauchst es nicht, das ist nicht deins. Stell dir zum Beispiel das Jet-Thema als Ballon vor, das mit einem dünnen Faden an deinen Arm gebunden ist. Nun stell dir vor, dass du Scherenfinger hast und an deinem Arm entlangfährst, den Faden abschneidest und den Ballon einfach wegfliegen lässt. Du brauchst ihn nicht! Wünsche ihm Gutes, während er davonfliegt, und konzentriere dich dann wieder auf deinen Atem." KLARHEIT zwinkert WUNDERVOLLEM-ICH zu.

„Pfff, du solltest niemals einen Jet loslassen!", schnaubt WUNDERVOLLES-ICH.

„Sobald du spürst, dass dein Geist ruhig ist, sprichst du in Gedanken deine Absicht aus, dich mit deiner Seele zu verbinden. Und los geht's. Das Wissen und die Gründe für dein Dasein sind alle da", lächelt KLARHEIT weise und streckt ihre Arme zum Himmel.

„Und was hat deine Seele dir gesagt?", fragt UNSCHULD neugierig. „Sie hat mir vom Leben und von Lebewesen dort draußen erzählt, die fast unbegrenzt Dinge tun können. Sie stehen nicht nur einfach im Boden und produzieren Pfefferschoten wie wir. Ich meine, versteh mich nicht falsch, wir sind das Zuhause der zukünftigen Pimientos de Padrón. Unseren Pfefferschoten stehen alle Türen offen, sie können zu den fast unbegrenzten Lebewesen werden. Deshalb sind wir unglaublich wichtig, die Welt hängt von uns ab", untermauert KLARHEIT ihrer aller Daseinszweck ernst, während WUNDERVOLLES-ICH zustimmend nickt. „Stell dir vor, meine Seele hat mir gesagt, dass diese Lebewesen, die sich Menschen nennen, zum Mond gereist sind. Das ist ein ganz anderes Gestirn, weit, weit weg von hier. Du weißt schon, es nimmt in der Nacht den Platz der Sonne ein", erzählt KLARHEIT ihnen aufgeregt. Tränen steigen ihr in die Augen. „Eines Tages wird einer der Meinen alles über solche Dinge wissen und an entlegene Orte reisen. Mit dem, was er zurückbringt, wird er der Welt ermöglichen, sich weiterzuentwickeln." KLARHEIT strahlt vor Stolz, und UNSCHULD fällt der Kiefer herunter, als sie von Reisen zum Mond erfährt.

„Der Welt ermöglichen … Solche wie euch hat sie gerade noch gebraucht, um unsere Steuergelder auszugeben. Meine Welt wird ermöglicht durch das, was diese Welt zu bieten hat. Schnelle Autos, große Jets mit starken

Triebwerken, Häuser mit Pools auf einer Klippe, wo man im warmen Wasser sitzt und mit einem Cocktail in der Hand den Sonnenuntergang beobachtet. Herrliche Stoffe, die deine Haut kleiden und dich unglaublich gut aussehen lassen. Boxspring-Betten mit Felldecken und glänzende VIP-Kreditkarten, mit denen man überall bloß zu wedeln braucht, um zu bekommen, was man will. Saftige Steaks, die dir das Wasser im Mund zusammenlaufen lassen. Nein, keine Pferdesteaks … ich meine zartes argentinisches Rind", träumt WUNDERVOLLES-ICH, während sich in seinen Mundwinkeln Speichel in Blasen sammelt.

„Wisch dir den Mund ab und sei nicht so oberflächlich", tadelt KLARHEIT und holt ihn aus seinen Träumen. „Hör nicht auf ihn, UNSCHULD. Hör auf deine Seele und entwickle deine eigenen Träume zu dem, was deine Pfefferschoten im Leben machen werden", empfiehlt KLARHEIT.

Für einen Augenblick werden alle drei still und beobachten, wie die Sonne langsam hinter den grünenden Hügeln versinkt. Nach ihren vielen Gesprächen sehnen sie sich danach, dass die Bewässerungsanlage ihre Adern erfrischt.

„KLARHEIT, schau! Deinen Blüten haben sich gerade geöffnet", bemerkt UNSCHULD aufgeregt.

„Oh, oh, all dies Gerede und ich habe verpasst, wie sich meine ersten Blüten geöffnet haben. Wie schön sie sind! Hallo, ihr." KLARHEIT wedelt mit dem Arm stolz durch die kühlende Luft. „Der perfekte Zeitpunkt, genau richtig.

Leben & Träume der Pimientos de Padrón

Ihr könnt euch die ganze Nacht ausruhen, bevor die Sonne wieder aufgeht", singt sie.

UNSCHULD atmet tief und betrachtet den Mond. „Reisen zum Mond, das mag ich", flüstert sie, aber ihre Freunde sind zu sehr damit beschäftigt, ihre Blüten zu bewundern. Sie nimmt noch zwei tiefe Atemzüge und stellt sich vor, Ballons abzuschneiden, die mit schnellen Autos, saftigen Steaks, Jets und Felldecken gefüllt sind. Sie fühlt sich viel leichter, atmet erneut ein und verbindet sich mit ihrer Seele. Sie muss so viele Antworten finden und so viel entdecken im Land der Hoffnungen und Träume der Pimientos de Padrón.

*****

Alle drei Pflanzen, jede ein Zuhause von Pimientos de Padrón, ist stolz auf ihre vielen kleinen, zarten weißen Blüten. UNSCHULDs Blüten kamen spät, aber sie haben es in den Wachstumszyklus geschafft, obwohl UNSCHULD eine Träumerin ist. Die Felder sind mit kleinen weißen Blüten bedeckt, die von Weitem wie flauschiger Schnee aussehen.

Bauer Gonzales ist sehr zufrieden mit seinen Feldern. Alles ist auf gutem Wege, und Gefährdungen sind ihnen bisher erspart geblieben. Aber die Pflanzen sind noch jung und werfen gerade erst die Blütenblätter ab. Es wird Platz benötigt, damit die Pfefferschoten wachsen können.

Die ersten kleinen kahlen, knubbeligen Köpfe gucken aus den Blütenresten hervor, die ihre Ansätze wie mit kleinen Kragen verzieren. Geschäftige Bienen sind von einer Blüte zur nächsten unterwegs, um möglichst viele Pollen zu sammeln, bevor die letzten Blüten abfallen.

„Iiih, das kitzelt", kichert KLARHEIT, die versucht stillzuhalten und nicht mit ihren schweren Armen zu wedeln.

„Ich habe nichts dagegen, dass die Bienen hier sind. Sie sind Teil des Spiels. Sie brauchen uns und wir brauchen sie", erklärt UNSCHULD. „Die Verbindung zu deiner Seele funktioniert wunderbar", stimmt KLARHEIT ihr freundlich zu. UNSCHULD nickt stolz. „Danke, KLARHEIT, du bist eine fantastische Lehrerin. Sobald meine Pfefferschoten ihre Augen geöffnet haben, werde ich wissen, was ich sie lehren und wie ich ihnen den Weg weisen werde", lächelt UNSCHULD zurück.

„Was ist los, seid ihr auf einmal ein unzertrennliches Paar?", brummt WUNDERVOLLES-ICH. „Übrigens, habt ihr zwei es bemerkt? Meine letzten Blütenblätter sind gerade dabei abzufallen. Meine Pfefferschoten können es kaum abwarten. Sie sind so weit, sie möchten Gehör finden. Wir müssen leiser sprechen, damit sie die Möglichkeit bekommen, sich mitzuteilen, Leute", ordnet WUNDERVOLLES-ICH an.

„O Gott, kannst du dir das vorstellen? WUNDERVOLLES-ICH in mindestens dreißigfacher Ausführung, alle reden sie über unnötigen Luxus und ihr „wir brauchen

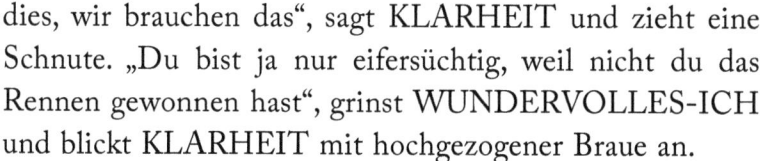

dies, wir brauchen das", sagt KLARHEIT und zieht eine Schnute. „Du bist ja nur eifersüchtig, weil nicht du das Rennen gewonnen hast", grinst WUNDERVOLLES-ICH und blickt KLARHEIT mit hochgezogener Braue an.

Aber sein Übermut erhält bald einen Dämpfer. Ein dicker Tropfen fällt geräuschvoll vom Himmel, zerplatzt und fliegt in kleinen Spritzern nach rechts und nach links, die KLARHEIT und UNSCHULD an den Rändern ihrer Blätter treffen.

„Aua! Was war das?", ruft WUNDERVOLLES-ICH. „Was auch immer es war, behalte es nächstes Mal bei dir", ruft KLARHEIT zurück und untersucht ihre befleckten Blätter. „Du hättest eines von meinen treffen können", murrt sie und dreht ihren anderen Arm in alle Richtungen.

„O je, WUNDERVOLLES-ICH, dein Pfefferschotenbaby!", kreischt UNSCHULD. „Was? Weshalb quiekst du so?", fragt WUNDERVOLLES-ICH und dreht hektisch Kopf und Arme gleichzeitig.

„O Gott! O Gott! Mich hat etwas getroffen! Schnell, tu doch einer etwas. Nummer drei erstickt! KLARHEIT, UNSCHULD, unternehmt etwas!", kreischt WUNDER-VOLLES-ICH verzweifelt. Die dritte Pfefferschote von WUNDERVOLLEM-ICH ist von oben bis unten mit weißem Vogeldreck bedeckt. Das Gewicht der Masse biegt den Zweig, an dem die arme Pfefferschote hängt, nach unten, und eine Eiszapfen-Formation gleitet Richtung Boden. Hin und wieder bildet sich ein Tropfen, der auf die braune Erde fällt.

„Ich weiß nicht, was ich tun soll, WUNDERVOL-LES-ICH", schreit UNSCHULD. Sie wünschte, sie könnte ihrem Freund helfen. „Es tut mir wirklich leid, WUNDERVOLLES-ICH, aber wir können nichts tun. Du musst auf die Bewässerungsanlage warten und hoffen, dass sie alles wegwäscht", versucht KLARHEIT ihn zu beruhigen.

„Es ist Mittag! Es wird noch Stunden dauern, bis wir Wasser bekommen. Nummer drei wird es bei dieser Sonne nicht schaffen", ruft WUNDERVOLLES-ICH verzweifelt. KLARHEIT und UNSCHULD tauschen einen mitleidigen Blick aus und bleiben stumm.

Unerbittlich macht die Sonne mit ihrer gnadenlosen Hitze deutlich, dass der Abend noch in weiter Ferne ist. Die milchig-weißen Strahlen wirken harmlos, als wollten sie nur aufzeigen, wie staubig die Luft ist. Doch das lenkt den Geist nur vom alleinigen Zweck der Sonne ab – in scheinbarer Unschuld alles zu verbrennen, was ihr in den Weg kommt. Der weiße Vogeldreck reflektiert das Sonnenlicht ungebrochen und unterstützt ihre Arbeit. Schon wenige Augenblicke später hört die weiße Eiszapfenformation auf zu tropfen, und eine harte Kruste bedeckt die zarte Pfefferschote.

„Ahh, es tut weh. Alles zieht sich zusammen. Sie schrumpft", schluchzt WUNDERVOLLES-ICH, ohne seine Pfefferschote Nummer drei auch nur eine Sekunde aus den Augen zu lassen.

Die Sonne kriecht weiter voran, es wird noch Stunden dauern, bis sie dem Mond das Feld überlässt. Ihre Strahlen

Leben & Träume der Pimientos de Padrón

umspielen die getrocknete weiße Eiszapfenformation und betören sie, bis sie nicht mehr standhält und kleine Risse bildet, die das zuvor geschützte Innere bloßlegen. Ahnungslos quillt neue Masse durch die Risse nach außen und bietet sich dem unerbittlichen Sonnenlicht als neues Spielfeld an. Ungerührt zieht die Sonne weiter ihre Bahn und setzt ihr Werk fort. Mit ihren feinsten Strahlen dringt sie in die schmalsten Risse, nichts bleibt verschont. Pfefferschote Nummer drei von WUNDERVOLLEM-ICH dörrt stetig weiter aus und verschrumpelt.

„Ich kann sie nicht mehr spüren! Sie ist ganz taub", murmelt WUNDERVOLLES-ICH und zerfließt in Selbstmitleid. Mit schreckgeweiteten Augen blickt UNSCHULD blinzelnd zu KLARHEIT hinüber, auf Hilfe hoffend. Doch KLARHEIT lächelt nur entschuldigend und blickt dann wieder zu Boden, um die Szene nicht weiter mit ansehen zu müssen.

Am Himmel schreitet die Zeit voran, und fernes Tschilpen aus der alten Eiche legt Zeugnis von neuem Leben junger Bussarde ab. Bald werden sie wie ihre Mutter über dem Land schweben und in anderen Träume vom Fliegen wecken. Der Klang lässt UNSCHULDs Herz höher schlagen und einen Moment lang wird sie beim Gedanken an die Vögel ganz aufgeregt. So schnell das Glücksgefühl in ihr aufstieg, so schnell wird der Wunsch, ihm Ausdruck zu geben, im Keim erstickt, als sie die schreckliche Realität, die ihrem Freund gerade zustößt, wieder gewahr wird. Etwas peinlich berührt wegen des Gefühls, das sie überwältigt hat, wendet sie den Blick von WUNDERVOLLEM-ICH ab und hofft, dass keine plötzliche Veränderung ihrer Farbe sie verrät.

Das leuchtende Blau des Himmels wandelt sich allmählich zu einem wunderbaren Rosa, gefolgt von einem versöhnlichen, strahlenden Orange. So viel Schaden die Sonne zufügen kann, so viel Schönheit bringt sie doch auch hervor.

Ein Klicken, dann ein hustendes Zischen, und wie an den Abenden zuvor spritzt frisches Wasser vom Boden hoch und reinigt die Luft. Tausende nasser Tropfen fallen herab auf die Blätter der Pflanzen, die das Zuhause der Pimientos de Padrón sind. Der Moment, auf den sie alle gewartet haben, ist gekommen – die Zeit der Bewässerung nach einem emotionalen Tag in der Sonne.

„Ahhh, endlich", seufzt KLARHEIT, reckt ihren Kopf zum Himmel und schließt die Augen, um zu genießen, wie Wasser über ihr Gesicht rinnt.

„Uh, ganz sachte jetzt", bittet WUNDERVOLLES-ICH, ohne sein getroffenes Pfefferschotenbaby aus den Augen zu lassen. Allmählich steigt der Wasserdruck und der Staub tropft von seinen Blättern zu Boden. Doch die getrocknete Eiszapfenformation bewegt sich nicht, sie scheint sogar Wasser aufzusaugen. Der stärker werdende Wasserdruck ist dann aber zu viel. Der Zapfen schaukelt hin und her und bringt den Zweig dazu nachzugeben. Dünner und dünner wird der grüne Finger und reißt, bevor WUNDERVOLLES-ICH erneut aufschreien kann, bis auf eine dünne Faser ab, sodass die junge Pfefferschote knapp

Leben & Träume der Pimientos de Padrón

über dem Boden baumelt. UNSCHULD wird, von diesem Anblick zu Tode erschreckt, ganz bleich.

„Lass los, WUNDERVOLLES-ICH! Lass los, bevor noch mehr Schaden entsteht", ruft KLARHEIT ihm zu. WUNDERVOLLES-ICH beißt sich auf die Lippen und kneift beide Augen zu. Ein dumpfer Aufprall, und sein getroffener Arm springt in die Höhe, zittert nervös und kehrt schließlich in die Position zurück, die er innehatte, bevor er getroffen wurde. Aber auf seinem Ende sitzt keine kleine, kahle Pfefferschote mehr. Stattdessen reckt sich ein brauner Stumpf in den Himmel.

„Nummer drei, Nummer drei ist weg", schreit WUNDERVOLLES-ICH schockiert.

„Das tut mir wirklich leid, WUNDERVOLLES-ICH", murmelt UNSCHULD und fühlt sich furchtbar.

Ein alltägliches Ereignis hat die Unschuld ihres Daseins zerstört. Zum ersten Mal hat sich das Leben von der harten Seite gezeigt. Schlechtes Karma hat sie getroffen, und Verlustangst zeigt sich als neues Gefühl. Der erste Pimiento de Padrón hat es nicht geschafft. Er konnte nicht einmal zu voller Größe heranwachsen, bevor er abfiel.

Oder ist dies Teil des Plans?

Gibt es einen Grund hinter all dem, was wir unglückliches Scheitern nennen?

Aus der Sicht der Pflanzen, die das Zuhause der Pimientos de Padrón sind, nimmt diese Pfefferschote einen Umweg. Vielleicht entwickeln sich ihre Samen, und ein neues Zuhause wächst heran. Doch der Zeitpunkt ist ungünstig, und die neue Pflanze würde niemals mit den anderen mithalten können, bevor der Schnee fällt. Das Fruchtfleisch der Pfefferschote könnte einer Feldmaus oder einem Insekt als Nahrung dienen. Oder, und das ist die wahrscheinlichste Version, ihre Überreste werden sich in nährstoffreiche Erde verwandeln, in der Seelen wiedergeboren werden und sich entwickeln können. Das würde bedeuten, dass Pfefferschote Nummer drei eine wichtige Rolle dabei spielt, die Hoffnungen und Träume zukünftiger Generationen zu sichern.

Doch im Augenblick der Trauer und des Verlusts ist es schwierig, die Bedeutung zu erkennen. Vielleicht wird sich der wahre Grund niemals zeigen und auf der Kette der Ereignisse kein Segen liegen. Dann wird man darin einfach nur ein unglückliches Vorkommnis sehen.

*****

Die Nachricht vom Verlust der Pfefferschote wird auf den Feldern nicht gut aufgenommen und nährt Gerüchte. Der Himmel über ihnen ist auf einmal gefährlich geworden, und dieses ganz gewöhnliche Geschehen wächst sich zu einem tragischen, lebensbedrohlichen Vorfall aus.

Trotz seines Verlusts genießt WUNDERVOLLES-ICH die Aufmerksamkeit. Über Nacht ist er bekannt geworden und wird in die Gebete seiner Nachbarn aufgenommen. Er hat die Tragik des wahren Lebens kennengelernt. Nicht nur Informationen erhalten, die ihm seine Seele übermittelt hat, sondern wahre, herzzerreißende Traurigkeit, erfahren am

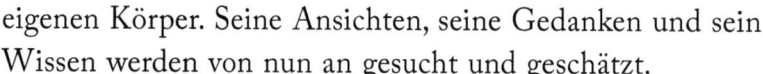

eigenen Körper. Seine Ansichten, seine Gedanken und sein Wissen werden von nun an gesucht und geschätzt.

Mit dem Heranwachsen der Pfefferschoten wird es Zeit für die Pflanzen, das Zuhause der Pimientos de Padrón, sich zurückzunehmen, damit die Hoffnungen und Träume der Pfefferschoten den nötigen Raum bekommen.

KLARHEIT ist stolz, dass ihre Schoten perfekt wachsen, und es bereitet ihr Vergnügen, sich zurückzulehnen und sie zu beobachten.

Obwohl ihre Schoten etwas kleiner als der Durchschnitt sind, lauscht die Träumerin UNSCHULD dem Wachsen ihrer Pfefferschoten jede Sekunde und sendet ihnen Gedanken über Maschinen in der Luft, die Freiheit des Fliegens und den Frieden. Sie findet, dass ihre kleinen Körper unbedingt in ein Cockpit gehören, um die Welt aus der Luft zu entdecken.

Die Pfefferschoten von WUNDERVOLLEM-ICH sind, nun ja, füllig, rund und saftig. Sie sind wie gemacht für ein bequemes Leben in behaglicher Umgebung.

An der Stelle, wo ihre Zweige aufeinandertreffen, finden die drei verschiedenen Charaktere einen Ort, um zu diskutieren und sich auszutauschen. Vollkommen unterschiedliche Pfefferschoten bilden einen Kreis, hängen zusammen und teilen ihre Träume miteinander.

Marple und Winston auf KLARHEITs Zweig sind führend auf dem Gebiet des Wissens sowie brillante Denker.

Apollo und Clark spinnen UNSCHULDs Träume vom Fliegen und dem freien Geist weiter, während Kim und

Flavio auf der Seite von WUNDERVOLLEM-ICH ein Leben im Luxus ersinnen.

Es ist nur eine Frage von Stunden, bis die Pfefferschoten ihre Sprache entwickeln und der Ort einem Café gleicht, das von Geplauder erfüllt ist. Als die Sonne untergeht, genießen die Felder eine letzte Nacht der Stille im Land der Hoffnungen und Träume der Pimientos de Padrón. In den nächsten Tagen wird nichts mehr sein wie vorher. Das fruchtbare Land hat die kommende Generation hervorgebracht, und sie befindet sich an der Schwelle des Erwachens.

Der erwählte Ort der Bestimmung 6

Als am nächsten Tag die Sonne aufgeht, hält das Land erwartungsvoll den Atem an, wer wohl als Erstes sprechen wird. Die Träume der Pimientos de Padrón zeigen, welches Leben in der Zukunft auf sie wartet. Ihnen zuhören zu können, ist für die Pflanzen, die sie tragen, ein kurzer Moment der Belohnung. Die Pflanzen wissen, dass sie ihre Sache gut gemacht haben und ihre Mühen nicht umsonst waren.

Die ersten Sonnenstrahlen kitzeln die Pfefferschoten von WUNDERVOLLEM-ICH im Gesicht. Flavio reibt sich den Schlaf aus den Augen und späht in die buschigen Arme, die um ihn herum stehen.

„Eins, zwei. Oh, und noch zwei kleine dort drüben", sagt er, während er seine Nachbarn zählt. Als er zum Zweig, der ihn trägt, aufblickt, entdeckt er eine weitere füllige Pfefferschote. Ihre Haut ist wunderbar grün und sieht aus, als wäre sie frisch poliert. Der Anblick gefällt ihm. Dass er am selben Zweig hängt, kann nur bedeuten, dass er genauso vollkommen ist.

„Jawoll!", gratuliert er sich und streichelt sein Bäuchlein. „Bin ich nicht wundervoll! Sind wir nicht wundervoll", singt er hinauf zu seinen Geschwistern.

„Uff, was ist das für ein Lärm? Ich weiß, dass ich wundervoll bin. Deswegen braucht man so früh am Morgen doch nicht so rumzuschreien", beschwert sich Kim und

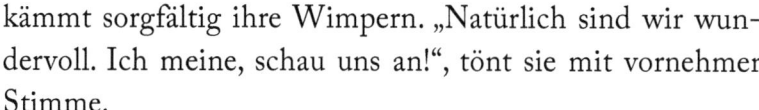

kämmt sorgfältig ihre Wimpern. „Natürlich sind wir wundervoll. Ich meine, schau uns an!", tönt sie mit vornehmer Stimme.

„Keine Sorge, Kim. Du hast genug geschlafen. Von noch mehr Schlaf kriegst du nur geschwollene Augen", wirft Flavio ein, der den Grund für ihre Beschwerde mitbekommen hat.

Ihr Zuhause, WUNDERVOLLES-ICH, lächelt in sich hinein. Seine Pfefferschoten sind schneller gewachsen, als er gedacht hatte. Sie nutzen von selbst das Wissen seiner Seele, ohne einer Einführung zu bedürfen.

„Wie viel Schlaf ist deiner Ansicht nach denn angemessen, Flavio?", fragt eine Stimme, die von KLARHEIT herüberdringt. Eine Sekunde lang sind alle still.

„Hmm, du musst … Marple sein, richtig?", fragt Flavio.

„Genau. Das hat ja eine Weile gedauert, bis du das gemerkt hast!", schmunzelte Marple.

„Nur weil du so nah neben deinem Bruder Winston hängst. Es ist schwierig, euch auseinanderzuhalten. Zwillinge?", fragt Flavio und tut so, als wäre er interessiert.

„Genau. Wir werden von derselben Seele genährt", nickt Marple. „Offensichtlich!", erwidert Flavio. „Da du so höflich bist, möchte ich uns vorstellen. Ich bin Flavio, das weißt du. Und da drüben, das ist meine schöne Schwester Kim."

„Da sind noch mehr von uns auf der anderen Seite, aber das ist ein anderes Arrondissement", lächelt Kim.

„Arrondissement? Sind wir hier in Paris?", kann Winston sich nicht verkneifen zu fragen. „Nein, offensichtlich nicht", erwidert Kim. „Dies ist das Land der Hoffnungen und Träume der Pimientos de Padrón. Wir sind die Pfefferschoten der Zukunft und meine Musik wird in Paris spielen. In der Stadt des Chics, des Tanzes und der Mode", sagt Kim und streicht sich über die Augenbrauen.

„Die Stadt der Liebe", flüstert eine verträumte Stimme. Apollo streckt sich und gähnt, schlingt seine Arme um sich und neigt den Kopf zur Seite. Mit einem glücklichen Lächeln sinkt er in seine Traumwelt zurück.

„Das müssen die Leute von UNSCHULD sein", kommentiert Marple und sieht sich die zwei schlafenden Pfefferschoten genau an.

„So, Flavio, du wolltest sagen, wie viel Schlaf deiner Ansicht nach vonnöten ist, bevor du geschwollene Augen bekommst?", fragt Marple, um ihre Diskussion wieder aufzunehmen.

„Ich lebe nach der 1.5-Stunden-Schlafregel. Meine Seele und ich haben das Schlafmuster studiert. Ich kann dir sagen, ein vollständiger Schlafrhythmus benötigt 1.5 Stunden, um von leichtem in tiefen Schlaf zu gelangen und wieder von vorn anzufangen. Um optimal in Form zu sein, solltest du immer aus einer leichten Schlafphase erwachen. Du erreichst diese Phase alle 1.5 Stunden, nachdem du eingeschlafen bist. Also nach 1.5, 3, 4.5, 6, 7.5 Stunden und so weiter … 1.5 Stunden Schlaf sind zu wenig. Empfehlenswert ist etwas um 8 Stunden jede Nacht, also solltest du dich für 9 Stunden entscheiden, oder vielleicht 7.5, wenn du fit bist. Ich persönlich glaube, dass man nach mehr als 9 Stunden

Schlaf fleckig aussieht. Sieh dir die Leute von UNSCHULD an, dann weißt du, was ich meine", grinst Flavio grimmig.

„Sei nicht so gemein, Flavio. Die Pfefferschoten von UNSCHULD sind Kerle." Kim schubst ihn.

„Was sagst du? Wir Jungs brauchen nicht frisch auszusehen? Fleckige Augen sind bei uns in Ordnung, oder was?", knurrt Flavio sie an. „Du weißt, was ich meine", erwidert Kim mit stechendem Blick und wendet sich ab, um ihr Haar zu kämmen.

„Also Paris. Warum die französische Hauptstadt?", fährt Marple fort und wechselt das Thema.

„Wie ich schon sagte, strebe ich ein bedeutsames Leben voll Schönheit an. Eines Tages möchte ich die Art verändern, wie sich die Menschen kleiden, ohne dabei Historisches und den unverzichtbaren Hauch Chic zu vernachlässigen. Paris ist der Ort, an dem so etwas heute gemacht wird, und genau dort gehe ich hin", erklärt Kim stolz und simuliert mit ihrem Arm einen eleganten Gang.

„Aber ist es so wichtig, was wir tragen? Meiner Ansicht nach zählt eher, was wir tun", mischt sich Winston ein. „Ich werde eine führende Funktion haben, egal, was ich trage", schließt er mit einem Lächeln.

„Und was gedenkst du zu leiten und zu führen? Deinen Haushalt? Ein Bauprojekt? Eine Stadt oder sogar ein Land?", fragt Kim, ohne im geringsten beleidigt zu sein. „Ich werde klein beginnen und dann wachsen", erwidert Winston. „Ich bin sicher, dass ich eines Tages zumindest ein Land führen werde."

„Nun, dann solltest du unbedingt mit mir in Kontakt bleiben, während du wächst. Wenn du groß bist, helfe ich dir mit deiner Kleidung, damit du es auf die richtig, richtig große Bühne schaffst. Kleider machen Leute, weißt du", bietet Kim ihm mit süßem Lächeln an. „Ich werde daran denken und dich anrufen", zwinkert Winston zurück.

„Wirst du Anzüge machen, die man in Flugmaschinen trägt?", flüstert eine scheue Stimme, die den Blick aller Pfefferschoten auf sich zieht.

„Apollo?", fragt Kim nach einer kurzen Pause. „Ja, ich bin's. Ich brauche einen Anzug für eine Flugmaschine, aus dünnem, aber warmem Material. Leicht rutschig, sodass ich ganz einfach in den kleinen Sitz meiner Raketenmaschine gleiten kann", träumt Apollo weiter.

„Bin nicht so sicher, ob das mein Genre ist", sagt Kim und zieht ihre Augenbrauen zusammen, während Apollo sie nur verwirrt anblickt.

„Sie meint, es ist möglicherweise nicht ihrs. Nicht die Art von Sachen, die sie macht", sagt Marple, um die unausgesprochene Frage zu beantworten. „Oh, na gut. Naja, ich denke mal, die NASA hat schon, was ich brauche", lächelt Apollo schüchtern.

„NASA wer?", fragt Flavio. „Die National Aeronautics and Space Administration. Das ist die amerikanische Bundesbehörde für Raumfahrt und Flugwissenschaft", erklärt Apollo stolz.

„Ist das auch in Paris?", fragt Flavio. „Nein, das ist in den Vereinigten Staaten von Amerika. Cape Canaveral in

Florida, das wird meine Basis sein", strahlt Apollo. „Aber gehen wir denn nicht alle nach Paris?", beharrt Flavio weiter.

„Warum gehen wir alle nach Paris?", mischt sich Clark, die zweite Pfefferschote von UNSCHULD, ein. „Weil Kim das gesagt hat", antwortet Flavio und hält das für ein Argument. „Bisher geht nur Kim nach Paris. Das bedeutet nicht, dass wir alle das tun müssen", fügt Apollo hinzu, seinen Traum verteidigend.

„Aber wird es für die Pflücker nicht schwierig sein, uns je nach Land in die richtigen Kisten zu packen? Woher sollen sie das wissen?", fährt Clark mit seinen Fragen fort. „Das ist ein guter Punkt", stimmt Flavio ihm zu.

„Sie werden es einfach wissen. Es steht uns ins Gesicht geschrieben und überhaupt, das ist nicht unser Problem. Sie müssen das herausfinden." Kim lächelt.

„Aber dein Gesicht ist vollkommen verdeckt. Woher werden sie wissen, was sich unter all der Farbe befindet?", fragt Clark, ohne zu merken, was er gerade gesagt hat.

„Du da drüben pass mal schön auf", schnaubt Kim. „Was ist falsch daran, mit etwas Farbe zu zeigen, wohin ich gehe? Die Theater von Paris sind voller Masken. Wenn du in der Szene wirklich eine große Nummer werden willst, musst du beizeiten anfangen zu üben", erklärt Kim und durchbohrt ihn mit ihren dunklen Augen.

„Ihr schweift ab! Beruhigt euch da drüben." Marple versucht, die Unterhaltung wieder zum ursprünglichen Thema zurückzuführen.

„Mesdames, Messieurs, dies ist die Gruppe nach Paris. Freundet euch damit an, das ist der Ort, wo wir hinfahren." kichert Kim.

„Weil du schick sein willst, müssen wir alle nach Paris?", bellt Winston. „Monsieur, Monsieur, excusez-moi!", amüsiert sich Kim weiter.

„Pass auf, oder ich sorge dafür, dass du in der Banlieue von Marseille landest", geifert Winston. „Na, na", mahnt Kim freundlich.

„Beruhige dich, Winston. Sie will dich nur ärgern. Lass mal, ich kümmere mich darum", sagt Marple beruhigend, während sie mit wissender Miene die Reihe auf und ab schaut. „Also, fassen wir zusammen. Da drüben, am Zweig von WUNDERVOLLEM-ICH, haben wir Kim, die zu viel Make-up benutzt, weil sie sich auf das schicke Paris vorbereitet. Und da hinten ist Flavio. Wenn ich mir deinen Namen genau anschaue, so führt mich das in Richtung Italien, richtig?", analysiert Marple.

„Ha, definitiv, je weiter südlich, desto besser. Ich sehe mich selbst am Kopfende einer langen Tafel. Jeder hört mir zu und dann mach ich es. Ich treffe die Entscheidung, auf die jeder wartet. Niemand wird mich infrage stellen, ich bin der Don des Clans", träumt Flavio.

„Das reicht, ich habe verstanden. Du gehst nach Italien, um eine Mafia-Größe zu werden", schneidet Marple ihm das Wort ab. „Okay, Paris und Italien", fährt sie fort. „Nun sehen wir uns mal die Brut von UNSCHULD an. Wir haben Apollo, der in seinen Raumfahrtträumen in Florida lebt. Und Clark?", fragt Marple, um ihn in Zugzwang zu bringen.

„Ich weiß nicht", murmelt Clark. „Ich möchte einfach nur glücklich und von viel Natur umgeben sein", sagt er und blickt auf den braunen Boden hinunter.

„Das ist einfach", lächelt Marple. „Nun zu uns, Pfefferschoten von KLARHEIT. Winston, wohin bringen dich deine Träume?", fragt Marple ihren Bruder.

„Ich will ein Land führen. Und zwar definitiv an einem alten, historischen Ort. Ich bin ein wenig hin- und hergerissen, vielleicht irgendwo im Orient", malt sich Winston in majestätischem Ton aus. Marples Augen verengen sich zu schmalen Schlitzen.

„Können wir bitte in Europa bleiben? Das macht die Sache leichter. Hier gibt es genügend Gegenden mit Geschichte, in denen du Führungspositionen einnehmen kannst", befiehlt sie.

„Hmm, dann gehe ich vielleicht nach Italien und nehme Flavio fest", kichert Winston.

„Mach dir keine großen Hoffnungen, mein Clan wird dir auf den Fersen sein", warnt Flavio und droht mit dem Zeigefinger. „Schsch, ich bin gerade dabei, unser Problem zu lösen", unterbricht Marple die beiden Streithähne. „Also, ich sehe mich im MI6, das bedeutet London", strahlt Marple. „Dann haben wir also einen, der in die USA geht, vier in Europa und einen, der sich noch nicht entschieden hat, aber sicher auch in irgendeinem europäischen Land ein friedliches Plätzchen finden würde. Apollo, es tut mir wirklich leid, aber du solltest dir neue Ziele überlegen, die näher an unseren liegen. Das Ziel unserer Reise liegt im guten alten Europa", sagt Marple mit zufriedenem Gesichtsausdruck.

„Frankreich ist bestimmt prima. Da haben wir auch Raumfahrt", zwinkert Kim ihm zu.

„Lass dich von ihr nicht unter Druck setzen. London ist ein großartiger Flecken für Luftreisen aller Art", fällt Marple Kim ins Wort, um sie zu überbieten. Apollo ist durcheinander und scheint gleich in Tränen auszubrechen, weil er seinen Traum dahinschwinden sieht.

„Keine Sorge, Apollo. Fang in London an, und wenn du so weit bist, fliegst du über den Atlantik und wirst in den USA richtig groß", meint Marple freundlich.

Das Gespräch über die Wahl des Bestimmungsorts geht weiter. Nicht einmal die intensiven Farben des Sonnenlichts, die in die der aufsteigenden Nacht übergehen, können sie ablenken. Sie müssen noch viele Überlegungen anstellen, noch viele Gespräche führen, bevor die Erntesaison beginnt. Hoffnungen werden geteilt und hinterfragt. Während einige ein ganz klares Bild von ihrer Zukunft haben, benötigen andere Hilfe und Inspiration.

Nur das übermächtige Zischen der Bewässerungsanlage sorgt für Frieden. Die Pfefferschoten schließen die Augen und genießen ihre tägliche Wäsche. Ihre nassen, schimmernden Körper sind von Weitem sichtbar und spiegeln das goldene Schimmern tanzender Glühwürmchen wider.

Eine Eule ruft vom Baum, während sich der dunkle Nachthimmel auf das Land der Hoffnungen und Träume der Pimientos de Padrón senkt. Mögliche Reiserouten regen zu Träumen an und beleben ihre Vorstellungen vom zukünftigen Leben.

*****

Nach einer friedvollen Nacht geht die Sonne früh am Morgen auf und wärmt die Körper der Pfefferschoten. Noch ein warmer Tag steht bevor, mit viel Zeit für weitere Diskussionen.

Die meisten Pfefferschoten aus der europäischen Gemeinschaft sind wach, kaum dass die gelben Strahlen ihre wachsenden Rundungen berührt haben. Clark, am Stängel von UNSCHULD, hat eine schwere Nacht hinter sich. Er hat begriffen, dass die Gruppe, welcher er angehört, ihr Ziel bestimmt hat. Aber es will ihm nicht ganz in den Kopf, warum. Was ist der Grund für die ganze Aufregung? Fragen über Fragen schwirren ihm durch den Kopf. Er kann es kaum abwarten, sie zu stellen und mehr zu erfahren. Gleichzeitig wird er aber auch von Sorgen geplagt. Was, wenn alle Bescheid wissen außer ihm?

Aber er kann sich nicht zurückhalten, es gibt zu viele Dinge, auf die er eine Antwort finden muss. Wohin wird er gehen? Und werden die Entscheidungen von gestern gut für ihn sein?

„Marple?", flüstert er hinüber zum Zweig von KLARHEIT und hofft, etwas Zeit mit ihr allein zu haben, bevor alle anderen zu plappern beginnen.

„Hmm, Clark. Wieso bist du so früh schon wach? Ich dachte, ihr Jungs öffnet eure Augen auf keinen Fall vor dem Mittagessen?" Marple reibt sich über das Gesicht. „Ich konnte nicht schlafen. Ich muss dich unbedingt ein paar Sachen fragen", flüstert Clark weiter. „Also, dann mal los", ermutigt Marple ihn.

„Okay, wir bleiben also im guten alten Europa, richtig? Aber warum ist das wichtig?", fragt Clark. „Nun, das haben wir uns halt so überlegt. Es ist der Ort, wo die meisten von uns ihre Träume wahr machen können." Marple versteht seine Frage nicht. „Ja, aber wie werden wir diese Träume wahr machen? Wir sind Pfefferschoten!", fährt Clark fort.

„Ja, und? Was ist das Problem daran, eine Pfefferschote zu sein?", fragt Kim und schließt sich der Unterhaltung an. „Nichts ist falsch daran", murmelt Clark und fühlt sich ertappt. Seine Befürchtung, dumm auszusehen, wird bereits Realität, und er hat noch nicht einmal einen Bruchteil der Fragen gestellt, die ihm durch den Kopf gehen.

„Na gut. Worum geht es bei den Fragen? Sei stolz darauf, als die zukünftige Generation geboren zu sein. Halte deinen Kopf aufrecht und begrüße freudig den nächsten Tag." Kim demonstriert, was sie meint, und reckt sich der Sonne entgegen.

„Aber ... Marple, warum sind wir die zukünftige Generation?", flüstert Clark zu Marple hinüber. Aber

Winston kann sich nicht zurückhalten und mischt sich in die Unterhaltung ein.

„Menschen essen. Menschen sind dauernd hungrig, und sie lieben uns Pfefferschoten. Wir sind etwas, wovon sie nicht genug kriegen können, und sie essen uns in riesigen Mengen, ohne es wirklich zu merken. Glaube mir, meine Seele hat mir alles darüber erzählt", erklärt er.

„Also werden diese Menschen uns essen?", fragt Clark zögernd. Er ist sich nicht sicher, ob ihm die Richtung gefällt, die das Gespräch nimmt.

„Ja, genau. Mich möglicherweise zuerst", lächelt Winston unsicher.

„Sei nicht albern. Du bist dünn und lang. Wir zwei hier drüben sind füllig und perfekt geformt. Wir werden als erste verputzt sein", platzt Kim dazwischen.

„Ich hoffe nicht – du könntest verhindern, dass sie noch eine nehmen. Du bist ein scharfes Mädchen. Das kann ich an der Art sehen, wie sich deine rote Spitze in das Grün mischt", jammert Winston. „Das wird verschwinden. Gib mir nur noch ein paar Tage in der Sonne, und ich entwickle eine perfekte Tarnung", gibt Kim stolz zurück.

„Wie auch immer, unsere langen Körper werden auffallen. Wir stechen aus jeder Masse heraus", beharrt Winston.

„Tut das weh, wenn die uns essen?", fragt Clark besorgt.

„Das wird kein schöner Moment sein. Aber den richtigen Schmerz erleben wir davor. Wenn sie uns braten", flüstert Flavio in die Runde. „Und dann streuen sie Salz in unsere frischen Wunden", fährt er mit geweiteten Augen fort und die kleine Runde ringt nach Luft. „Nach all dem werdet ihr tatsächlich nicht mehr viel spüren, wenn sie uns essen", endet Flavio.

„Das reicht mir jetzt, ich lasse mich einfach von meinem Zweig fallen und opfere mich für die nächste Generation", kreischt Clark.

„Sei nicht dumm. Du hast die Chance, die Zukunft zu werden, und alles, was du willst, ist vom Zweig zu fallen?", ruft Flavio angewidert aus.

„Einige von uns müssen zurückbleiben. Wenn Clark sich anbietet, dann lass ihn", platzt Kim heraus.

„Ja, ich überlege wirklich, mich vom Zweig fallen zu lassen. Klingt sehr viel natürlicher als gebraten, gesalzen und dann zu Tode gekaut zu werden. Ich sehe darin kein Problem", sagt Clark kopfschüttelnd.

„Offensichtlich verstehst du nicht, worum es geht", sagt Marple und runzelt die Stirn.

„Nein, tue ich nicht. Warum sollte ich im alten Europa bleiben, um gequält und gegessen zu werden?", fragt Clark und hebt seine Stimme.

„Weil du die nächste Generation sein willst!", bellt Marple. Clark blickt sie einfach nur an und ist vollkommen verwirrt. Nichts ergibt einen Sinn und er beginnt sich zu fragen, ob er etwas Wichtiges verpasst hat.

„Clark, sieh mal. Wenn du das Glück hast, dass ein Mensch deiner Wahl dich tatsächlich nimmt und isst, dann wirst du mit seinem Körper verschmelzen und ein Mensch

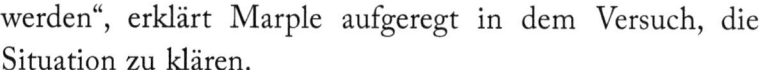

werden", erklärt Marple aufgeregt in dem Versuch, die Situation zu klären.

„Aber wir sind wirklich klein. Wie können wir solch einen großen Körper übernehmen?", fragt Clark.

„Wir sind klein, aber sehr effektiv und äußerst mächtig. Mach dir keine Sorgen wegen der Tatsache, dass wir klein sind. Wenn wir groß wären, könnten sie uns nicht essen", erklärt Flavio mit wissendem Blick.

„Was ist mit all den anderen Sachen, die sie essen?", will Clark wissen.

„Andere Sachen, tss. Wie du schon sagst – das sind andere Sachen, mit anderen Namen und anderen Träumen. Sie haben mit unserer Welt nichts zu tun. Niemand weiß, was sie wissen, also ist das nicht unser Problem", argumentiert Kim und alle nicken. Die Tatsache, dass sie andere Träume haben, leuchtet Clark ein, und er fühlt sich ein klein bisschen wohler.

Im Geiste geht er die Situation noch einmal durch, um sicher zu sein, dass er alles verstanden hat.

Nachdem ich gepflückt wurde, werde ich in irgendein Land im guten alten Europa reisen, von einem Menschen meiner Wahl gekauft, gebraten, gesalzen und gegessen werden. Dieser Moment wird mir nicht gefallen, aber er ist notwendig für den Rest des Prozesses. Dann verschmelze ich mit dem Menschen und werde zu dieser Person. Das ist alles, denkt er.

„Aber wie stelle ich sicher, dass ein Mensch meiner Wahl mich nimmt?", platzt er heraus, sogar zu seiner eigenen Überraschung. Einen Moment herrscht Stille, und einige Pfefferschoten tun so, als würden sie ihr Ästlein untersuchen.

„Weil du ganz, ganz fest an den Menschen denkst, der du sein willst, und daran glauben, glauben und nochmals glauben wirst. Unsere Gedanken ziehen die richtigen Menschen an. Also wage nicht, an meinen Menschen zu denken, und ich würde dir sehr dringend empfehlen, nicht an den von Flavio zu denken. Sorge dafür, dass du in deinem Traum bleibst. Denk an ihn immer und immer wieder, in jedem einzelnen Moment deines Lebens, und dein innerster Wunsch wird wahr. Du wirst sehen. Du allein formst deine Zukunft mit deinem eigenen starken Willen", rät Marple.

„Wiederholen, wiederholen. Glauben, glauben", prägen sich alle Pfefferschoten ein, indem sie es laut vor sich hinsprechen. Dann herrscht Stille, in der sie alle über das nachdenken, was gesagt wurde.

Jede Pfefferschote weiß, dass sie mehr Zeit mit ihrem Traum verbringen muss, damit er auch ganz sicher in die richtige Richtung geht. Viele Ideen und Vorstellungen müssen von allen Seiten betrachtet, untersucht und ausprobiert, getestet und analysiert werden. Alles muss gedreht und gewendet werden. Das ist wichtig, damit sie nicht die einzige Chance, ihren Traum zu realisieren und die zukünftige Generation zu werden, verpassen. Damit ihre Seelen stolz auf ihre hingebungsvolle harte Arbeit sein können, wenn sie als ihre Pfefferschoten den höheren Sinn ihres Daseins verwirklichen.

Wieder wird es Nacht, und Glühwürmchen tanzen im Mondlicht. Träume werden geträumt und Hoffnungen genährt im Land der Hoffnungen und Träume der Pimientos de Padrón.

Unsere Sicht auf das Schicksal

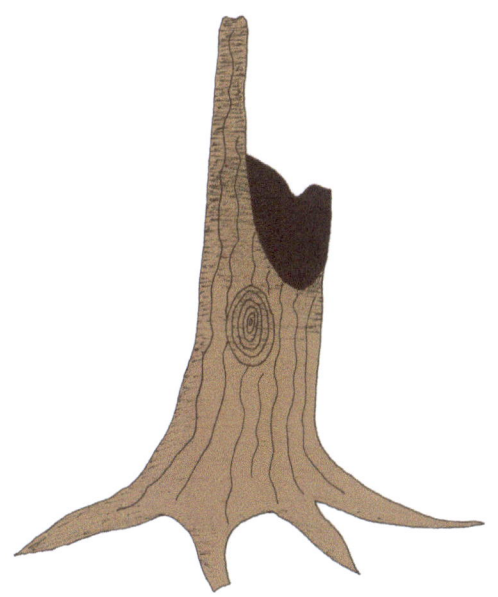

„Marple, warum die Menschen?", flüstert Clark am nächsten Tag.

Es ist nach Mittag, die Sonne steht noch hoch am Himmel, aber die Luft ist dicker als gewöhnlich. Hitze und Feuchtigkeit fordern ihren Tribut, und kleine Tropfen bilden sich auf den Körpern der Pfefferschoten.

„Was meinst du, Clark?", seufzt Marple und versucht, einige der kitzelnden Tropfen von ihrer Seite abzuschütteln.

„Ich meine, warum bemühen wir uns nicht um andere Lebewesen? Warum nur Menschen?", erweitert Clark seine Frage unbedarft. „Sie sind die höchste Lebensform auf diesem Planeten. Kein anderes Lebewesen hat mehr Wahlmöglichkeiten als die Menschen", erklärt Marple mit einem leicht verwirrten Unterton wegen der Frage.

„Menschen können Luftmaschinen fliegen", sagt Apollo ehrfürchtig.

„Sie entwerfen ihre eigenen Kleider und zeigen sie anderen auf langen Laufstegen", strahlt Kim.

„Sie führen und treffen gefährliche Entscheidungen", flüstert Flavio in einem „Du-weißt-was-ich-meine"-Ton.

„Und manche nehmen andere dafür fest, dass sie diese Entscheidungen treffen", grinst Winston. „Pfff, nur wenn du mich kriegst. Du wirst mich niemals finden", faucht Flavio zurück. „Das wird nicht schwierig sein. Ich folge einfach dem Pfad der Pasta geradewegs nach Süden, bis ich dich habe", kichert Winston, der sich bestens amüsiert und Flavio dazu bringt, erneut zu schnauben.

„Wir haben tatsächlich sehr großes Glück, da es nicht viele Lebewesen gibt, die uns gern essen. Wenn sie es tun, dann eher aus Zufall, oder lebensbedrohlicher Hunger zwingt sie dazu", ergänzt Marple.

„Ich nenne das Glauben oder gutes Karma. Wir sind dazu bestimmt, die Menschen zu übernehmen. Wir tun es seit Jahren und haben so die Welt zu einem besseren Ort gemacht", seufzt Kim. Der Himmel über ihnen grollt. „Sieht aus, als wäre jemand dort oben nicht einverstanden", bemerkt Marple.

„Das war ein zustimmendes Grollen", gibt Kim scharf zurück. Aber die Pfefferschoten sind nicht wirklich überzeugt.

Schnell wird der Himmel grau und der Wind legt zu. Die Sonne verschwindet plötzlich hinter einer dunklen Wolke.

„Was geht da vor sich?", wundert sich Apollo.

„Ahh, ich mag diesen Wind. Er trocknet mein Makeup und ist eine gute Vorbereitung auf den Moment, wenn ich im Rampenlicht stehe. Ich kann schon sehen, wie die Ventilatoren wie bei *Drei Engel für Charlie* mein Haar für die Kamera nach hinten wehen", seufzt Kim.

„Zieh lieber den Kopf ein, Mädchen, ich glaube, hier geht es um was anderes", warnt Marple, leckt ihren Finger an und hält ihn hoch in die Luft. „Der Wind nimmt von Westen her Fahrt auf und die Lufttemperatur sinkt dramatisch. Such am besten Schutz unter einem Blatt, wenn du kannst, und halte dich gut fest, es geht ums Überleben", befiehlt Marple in scharfem Ton.

„Bist du sicher?", fragt Winston leicht besorgt, obwohl er weiß, dass Detective Marple sich selten irrt.

Blitze zucken über den Himmel; die Wolken grollen furchterregend und übertönen jedes andere Geräusch.

„Ich bin sicher! Schlüpf unter dein Blatt!", ruft Marple ihrem Bruder zu.

Unten am Boden sammeln sich ein paar Blätter, springen in die Luft und spielen mit dem Wind. Ihr schwaches Rascheln ist nur kurz zu hören. Ein pfeilförmiger Blitz erhellt den Himmel und trifft erbarmungslos die alte Eiche in der Mitte des Feldes. Die Rinde des Baumes birst krachend und setzt den furchtgebietenden Aufschrei eines alten Lebens frei. Das trockene Holz sprüht Funken wie ein Feuerwerk, gefolgt von einer schonungslosen hellen Flamme. Nur wenige Sekunden später brennt der alte Baum wie ein riesiges Streichholz. Die Pfefferschoten kreischen vor Schreck und halten sich die Ohren zu, um den verzweifelten Überlebenskampf der Eiche nicht miterleben zu müssen.

„Wasser, wir brauchen Wasser! Das Feuer breitet sich aus, wenn uns niemand hilft!", ruft Marple verzweifelt. „Leute, konzentriert euch. Wir müssen ganz fest an Wasser denken. Wenn wir alle unsere Hoffnung bündeln, kann uns das retten", befiehlt sie und blickt ernst in die Runde.

„Schließt eure Augen nicht aus Angst, schließt eure Augen voller Hoffnung und betet", drängt sie, macht die Augen zu und beginnt zu meditieren. Sogleich folgt Winston dem Beispiel seiner Schwester. Kim zögert und blickt Flavio ratsuchend an.

„Wir werden verbrennen!", platzt Flavio heraus und beobachtet, wie die gierigen Hände der Flammen nach den Eltern der Pimientos de Padrón greifen, die nahe am Baum stehen.

Erstickender Rauch kriecht die Wege entlang und umspielt die Füße der Pfefferschoten. Kichernd plustert er sich auf und steigt mehrere Zentimeter nach oben.

„Beruhige dich, Flavio, konzentriere dich! Konzentriere dich auf das Leben und das Wasser, das wir zu unserer Rettung brauchen", ist Marples Stimme durch den Qualm zu hören. Apollo und Clark blinzeln und vergraben die Köpfe in ihren Armen. Ein gewaltiges Donnergrollen am Himmel lässt den Boden erbeben.

In der Ferne wird ein Traktor angelassen. Hoffnung keimt auf, Bauer Gonzales macht sich auf den Weg.

Dicke, wabernde Wolken verdunkeln den Himmel noch mehr. Ein kalter Lufthauch fegt durch den Rauch. Und da kommen sie – die ersten ersehnten himmlischen Perlen. Die Wolken öffnen sich, dicke Regentropfen schießen zur Erde und prallen von den Blättern der Pflanzen, ihren Eltern, ab.

„Es regnet!", quiekt Kim. „Paris ist gerettet", juchzt sie und streckt ihre Hände zum Himmel.

Ein schreckliches Krachen aus Richtung der Eiche setzt ihrer Freude ein jähes Ende. Ein großer Ast hat den Kampf aufgegeben und hängt nur noch an einer dünnen Faser herab. Eine Sekunde später verkünden ein dumpfer Schlag und aufsteigender Staub sein Todesurteil. Die Eltern der Pimientos, die unter dem Ast standen, sind unter ihm begraben.

Während die unbarmherzigen Flammen mit dem Regen um Territorium ringen, beginnt der Boden unter den Pfefferschoten im Rhythmus von Bauer Gonzales' Traktor zu vibrieren. Die Pfefferschoten wissen, dass Bauer Gonzales und der Regen nun gemeinsam gegen die hungrigen Flammen kämpfen. Mit einem neuerlichen Grollen des Himmels wird der Regen noch stärker und das Wasser ergießt sich in Strömen über die Felder. Die Bewässerungsanlage springt an und der Kampf ums Überleben wird nun aus allen Richtungen geführt. Die Flammen zischen und grummeln, als sie niedergerungen werden. Ihre langen, orangefarbenen Finger greifen in dem Bemühen, ihr Leben zu verlängern, erneut nach einem dünnen Zweig. Wie ein Vulkan speit die Hitze aus ihrer Mitte rote Funken, schickt brennende Speere hoch in die Luft und über die Felder. Doch heute hat das kalte Wasser das letzte Wort und zwingt die Flammen zum Rückzug.

Die Eiche und die Eltern der Pimientos de Padrón in ihrer unmittelbaren Nähe knistern, während die Flammen ersterben, und der Feind schließt besiegt seine roten Augen. Kalter Rauch steigt auf und macht das Schlachtfeld kilometerweit sichtbar.

Der starke Regen prasselt weiter auf die Felder herab und ertränkt die Erde. Die Asche des Feuers besprenkelt die Körper der Pfefferschoten, ein letztes Wort der Warnung, ein Zeichen seiner Macht.

Vollkommen durchnässt, aber erleichtert öffnen die Pfefferschoten nach und nach wieder ihre Augen.

„Seid ihr alle in Ordnung?", fragt Marple, während sie ihren tropfnassen Körper untersucht. Der starke Regen erschwert es ihnen, sich zu verständigen.

„Ich bin hier", ruft Winston ihr zu.

„Mir geht es gut, aber Flavio hat Probleme, sich mit einem einzelnen Blatt ganz zu bedecken", kreischt Kim und trägt nicht unbedingt dazu bei, dass Flavio sich besser fühlt. Doch in diesem Augenblick kümmert sich niemand darum.

Von UNSCHULDs Zweig steigen Reste von Rauch auf.

„Apollo? Clark? Alles in Ordnung?", ruft Marple und versucht, den Regen mit ihrer dominanten Stimme zu übertönen. „Irgendwas riecht etwas verbrannt." Kim reibt sich die Nase.

„Das hat nichts mit Träumen zu tun, es riecht wirklich seltsam", sagt Apollo mit einer schwachen, zittrigen Stimme.

„Wo ist Clark?", fragt Marple und versucht, nicht besorgt zu klingen. „Clark!", schreit Apollo, als er seinen Bruder entdeckt, der nur noch an ein paar dünnen Fasern baumelt.

„Ich bin noch hier, Leute. Ich frage mich nur, wie lange noch." Clark versucht, sie mit dünner Stimme zu beruhigen. „Einer dieser Feuerspeere hat mich direkt getroffen", erklärt er.

„Halte durch, mein Freund, der Regen dauert hoffentlich nicht allzu lange", ruft Winston. „Wie schlimm hat es dich getroffen? Hast du immer noch das Gefühl zu brennen?", fragt Marple, um sich ein Bild von der Lage zu verschaffen. „Apollo, sieh es dir mal an, los!", befiehlt sie.

„Ich glaube nicht wirklich, dass ich es sehen will", schreit der und zieht sein schützendes Blatt näher an sich heran. „Mach schon, es ist dein Bruder, Herrgott nochmal!", brüllt Winston.

„Sein Stängel ist ganz braun geworden, mit ein paar schwarzen Stellen. Sieht aus wie Kohle. Aber keine Flammen. Ich glaube, das Feuer ist weg", flüstert Apollo unter seinem Blatt hervor. „Aber jetzt ist er ungeschützt, da wo er baumelt, ist er zu weit von den Blättern weg", setzt er mit Furcht in der Stimme hinzu.

Über ihnen klingt es, als würden die Wolken aufeinanderprallen und noch mehr Regen freigeben. Große Tropfen prasseln an ihnen vorbei und spritzen aus den Pfützen wieder hoch, dann werden sie Teil eines anschwellenden Stroms. Der Lärm übertönt alle Worte. Jede Pfefferschote ist nun sich selbst überlassen. Die Natur schlägt mit all ihrer Wucht auf sie ein. Das Wasser hat sie vor den Flammen gerettet, aber wer wird den Regen aufhalten?

Eine Nacht in Angst und Kälte steht der zukünftigen Generation bevor. Allein die Erschöpfung bringt ihnen einen unruhigen Schlaf. Heute Nacht hoffen alle im Land der Hoffnungen und Träume der Pimientos de Padrón zu überleben und Schutz zu finden. Die Furcht, die ersehnten Ziele nicht zu erreichen, ergreift ihre arglosen Gemüter.

*****

Nach einer langen, dunklen und nassen Nacht trocknet die aufgehende Sonne die Tränen der Erde. Die Pfefferschoten glitzern im frühen Morgenlicht und lassen die Felder in einer versöhnlichen Färbung schimmern. Nur die alte Eiche ist zu Asche verbrannt und die schwarze Erde um sie herum gemahnt an das Geschehene. Ein Geruch von verbranntem Holz und nassem Boden wabert über die Wege.

„Ich glaube, wir haben wirklich Glück gehabt. Ich meine, seht uns an …", plötzlich versagt Kim die Stimme, als ihr einfällt, dass einer von ihnen noch um sein Leben bangt.

Clarks Verletzung fordert ihren Tribut. Er ist nicht gut genug genährt, um sich zu voller Größe entwickeln zu können. Für manche Pfefferschotenfamilien würde das keine Bedrohung darstellen, doch UNSCHULDs Pfefferschoten benötigen jeden einzelnen Tag des Wachstums. Es sind kleine Pfefferschoten, die etwas spät geboren wurden.

„Kim, wirklich!", knurrt Winston.

„Keine Sorge, Winston. Ich bin noch hier. Steine und Stecken mögen meine Knochen brechen, aber Worte können mich nicht verletzen", kichert Clark. Er beginnt gefährlich zu schaukeln.

„Halt still! Du hängst nur noch an zwei Fasern. Die wirst du nicht wegkichern wollen", sagt Marple streng.

„Wie es aussieht, hat der Regen deinen gebrochenen Zweig aufgeweicht", stellt sie fest.

„Oh, Clark, ich habe solche Angst. Was ist, wenn du herunterfällst?", ruft Apollo.

„Keine Sorge, Apollo. Mein Schicksal wird den richtigen Weg für mich finden. Ich habe absolutes Grundvertrauen in das Leben", lächelt Clark. „Schsch!", zischt Marple.

„Hört ihr das auch?", fragt Winston plötzlich. „Ja, das ist der Traktor von Bauer Gonzales. Er muss eine Menge aufräumen. Ich meine, seht euch unsere arme alte Eiche an", bemerkt Marple.

„Wenn ich Bauer Gonzales wäre, würde ich deinen Kopf abknipsen, Clark. Du verbrauchst sinnlos Seelenenergie. Es tut nicht weh – ein schneller Genickbruch, und die Sache ist erledigt", empfiehlt Flavio brutal.

„Du bist schrecklich, mein Bruder", prustet Kim recht amüsiert.

„Oh, halt die Klappe, wie kannst du es wagen!", sagt Winston mit wütendem Blick. „Und überhaupt, du hast nichts begriffen, du Dummkopf! Wenn Clark früh gepflückt wird, lebt er dennoch weiter, das ist keine Todesstrafe. Wir werden alle gepflückt, früher oder später", fügt Winston belehrend hinzu.

„Yeah, Schlauberger, aber trotzdem würde er nicht gegessen", gibt Flavio zurück.

„Warum nicht? Wir sind schon fast ausgewachsen", wirft Marple herausfordernd ein.

„Weil ich es sage. Er kommt in einen Häcksler und wird zu Hühnerfutter verarbeitet. Wenn Bauer Gonzales und der Häcksler ihm nicht den Hals brechen, wird ihm der Hühnerschnabel den Todesstoß versetzen. Dann wird er die Gestalt einer Henne annehmen. Ich werde dich finden und als Weihnachtsbraten zubereiten", prahlt Flavio.

„Ha, ha", ruft Marple aus. „Das bedeutet, der liebe Clark wird dich übernehmen, nachdem du dir den Bauch gefüllt hast. Das wird das Ende der italienischen Mafia sein", sagt Marple amüsiert.

„Ihr zwei Pfefferschoten der KLARHEIT habt es gerade auf die ersten Plätze meiner Opferliste geschafft. Passt nur auf!", sagt Flavio und durchbohrt sie mit einem bösen Blick.

Das Gelächter der Pfefferschoten verstummt, als sie das Geräusch quietschender Bremsen vernehmen. Aber diesmal landet nicht nur ein Paar schwere Stiefel auf dem Boden. Bauer Gonzales ist nicht allein. Ein paar Worte werden gewechselt, dann zerstreut sich die kleine Gruppe in verschiedene Richtungen.

„Was geht da vor sich", flüstert Apollo.

„Ich bin mir nicht sicher", Marple reibt sich das Kinn und streckt ihren Hals.

Zwei Männer inspizieren die alte Eiche und packen gefährlich aussehende Werkzeuge aus. Es wird an einem Seil gezogen, und ein hässlicher, sägender Lärm breitet sich aus.

„Was ist das? Es tut mir in den Ohren weh", klagt Apollo.

„Ich schätze, es ist Zeit, der alten Eiche auf Wiedersehen zu sagen", bemerkt Winston und beobachtet, wie sich zwei Männer dem Stamm des Baumes nähern.

Es ist ein trauriger Anblick für die Pfefferschoten, sogar für Flavio. Seit Jahrhunderten war die alte Eiche Mittelpunkt des Feldes gewesen. Als die Säge an der Oberfläche der toten Baumrinde kratzt, dringt ihnen ein furchtbarer kreischender Lärm durch Mark und Bein. Der Boden unter den Pfefferschoten erbebt unter der Gewalt.

„Oh, oh." Clark wippt auf und ab. „Das ist nicht gut", quiekt er. Wie eine ausgeleierte Bettfeder löst sich seine zweite Faser von seinem Kopf. Den Pfefferschoten stockt vor Schreck der Atem.

„Das sieht aber gar nicht gut aus", kommentiert Kim.

Schritte nähern sich und lassen ihnen keine Zeit für weitere Diskussionen. Jede Pflanze wird gründlich geprüft, abgestorbene oder verletzte Blätter werden entfernt. Die Menschen arbeiten schnell, ohne Zeit mit aufwendigen Untersuchungen zu verlieren. Ihre Hände durchkämmen jeden Busch und zupfen heraus, was nicht fest sitzt.

Grobe Hände durchkämmen ihr Zuhause. Gelbe und braune Blätter werden fortgenommen. Innerhalb eines Sekundenbruchteils wird Clark entdeckt und von seinem Zweig abgebrochen.

„Clark!", kreischt Apollo, als er ihn durch die Luft in Richtung eines Weidenkorbs fliegen sieht.

„Keine Sorge, meine Freunde! Ich bleibe zurück und sichere die nächste Generation. Ich bin nicht traurig. So erfüllt sich mein Traum von der Natur", kann Clark noch sagen, bevor er in dem sich fortbewegenden Korb verschwindet.

Geschockt von dem plötzlichen Ereignis hängen die Pfefferschoten stumm an ihren Stängeln. Nicht einmal das Zerfallen der Eiche kann sie aus ihren Gedanken reißen. Das Leben verändert sich schnell und nimmt unerwartete Wendungen. Einen Tag zuvor waren sie noch alle glücklich gewesen, hatten einander geneckt und ihren Träumen Gestalt gegeben. Dann die Ereignisse der Nacht, der Gewaltausbruch der Natur, der einen von ihnen verletzte, aber nicht tötete. Und nun wurde eine Entscheidung getroffen, ohne dass sie diskutiert oder infrage gestellt wurde. Einer von ihnen wurde für die nächste Generation von Seelen und Pfefferschoten geopfert.

„Marple, glaubst du wirklich, dass Clark davon geträumt hat zurückzubleiben?", flüstert Apollo.

„Ich weiß es nicht. Es muss wohl so sein. Nur so lässt sich erklären, was gerade passiert ist. Ich meine, er hat ja erwähnt, dass er in einer natürlichen Umgebung bleiben will. Nun ist sein Traum wahr geworden", versucht Marple die Ereignisse zu verstehen.

„Einer von uns muss zurückbleiben, so laufen die Dinge nun mal. Wir sollten froh sein und feiern, dass das damit erledigt ist", sagt Flavio, um seine Nachbarn aufzuheitern.

Aber seine Aufforderung kommt nicht gut an. Es widerstrebt ihnen, den Verlust eines Freundes zu feiern.

„Flavio, wie brutal, das so zu sagen", sagt Marple nach einer kurzen Stille und schüttelt den Kopf. „Aber wenn ich darüber nachdenke, hast du recht. Wir sollten feiern. Nicht, weil es so gekommen ist. Wir sollten darauf anstoßen, dass Clarks Traum bereits erfüllt wurde. Er ist uns einen Schritt voraus. Wir sollten ihm alles Gute wünschen und hoffen, dass der Weg vor ihm voller Gnade ist", analysiert Marple.

Apollo lächelt zum ersten Mal an diesem Tag. Clark, die Pfefferschote von UNSCHULD, hat nicht umsonst gelebt. Er hat tatsächlich seine Bestimmung erfüllt. Alles ist gut, denkt sich Apollo und nimmt einen tiefen Atemzug. Er kann spüren, wie sich seine Stimmung wieder hebt.

„Sieh es, wie du willst. Wenn wir eine Party feiern, bin ich dabei", schnaubt Flavio.

„Du kannst dir die Party für dein zukünftiges Leben aufheben, aber wir sollten uns ganz bestimmt freuen", lächelt Winston.

Die Pfefferschoten schwingen im Gleichklang hin und her und betrachten den Sonnenuntergang. Alles ist gut, alles ist in Ordnung. Ein Traum ist in Erfüllung gegangen und hat fünf andere zurückgelassen, die darauf warten, dass sie auf ihrem Schicksalsweg weitergehen, im Land der Hoffnungen und Träume der Pimientos de Padrón.

Unser Erscheinen in der Welt 8

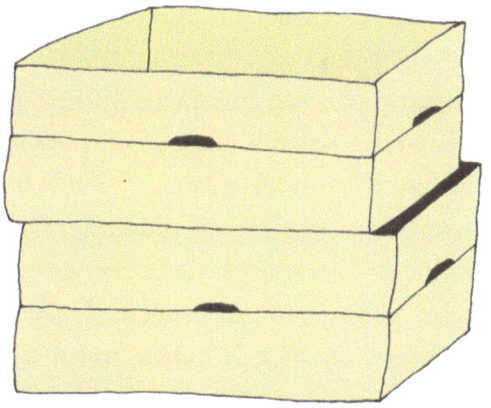

Zwei Tage später werden die Pfefferschoten von Lärm geweckt, der von den Feldrändern zu ihnen herüberdringt.

„Was geht da vor?", schimpft Flavio.

„Die Sonne ist noch nicht einmal richtig aufgegangen", pflichtet Winston ihm bei und reibt sich die Augen.

„Ha, Leute. Es sind die Pflücker!", keucht Marple und reckt ihren Hals. Sofort sind alle wach.

„Die Pflücker? Bist du sicher? Bin ich schon so weit?" Kim tastet nervös ihren Körper ab. „Winston, kannst du immer noch rote Flecke an mir sehen?", kreischt sie. „Stell dir vor, wenn die Menschen denken, dass ich super scharf bin. Es hält sie vielleicht davon ab, mich zu essen", ergänzt sie nervös.

„Du siehst gut aus, wie immer", zwinkert Winston ihr zu. „Nein! Ich weiß, dass ich gut aussehe, aber was ist mit den roten Flecken?", jammert Kim.

„Heute wirst du ja noch nicht präsentiert und gegessen. Wir haben schließlich erst noch die Reise vor uns", versucht Marple sie zum Schweigen zu bringen. „Unsere endgültige Farbe wird sich erst entwickelt haben, wenn wir unser Ziel erreicht haben. Wenn sie warten würden, bis wir dunkelgrün sind, wären wir zum Zeitpunkt unserer Ankunft bereits verschrumpelt", ergänzt Marple und verdreht ihre Augen in

Richtung Kim, weswegen die wiederum in der Luft nach ihr tritt.

„Beruhige dich, Schätzchen. Du siehst gut aus. Wir sind ein Zweig von WUNDERVOLLEM-ICH, denk daran! Wir werden immer fantastisch aussehen", beruhigt Flavio sie mit einem selbstgewissen Blick.

Strohhüte und farbenfrohe Kopftücher verteilen sich auf den Feldern und bewegen sich schnell von einer Reihe zur nächsten. Hin und wieder leeren sie Baumwollbeutel in große Holzkisten, die auf einem Anhänger stehen.

„Bin ich groß genug?", fragt Apollo seine Freunde schüchtern. „Ich finde, du bist ziemlich winzig", grinst Flavio. „Keine Sorge, manche bevorzugen Kleine. Nicht jeder nimmt gern den Mund so voll wie WUNDERVOLLES-ICH, Flavio", kommentiert Marple herzlich lächelnd und wendet sich dann Flavio mit einem Gesichtsausdruck zu, der „Pass auf!" bedeutet.

Apollo erwidert Marples Lächeln. Er mag sie. Sie weiß immer, was gerade vor sich geht, und macht ihm Mut.

„Was passiert jetzt, Marple?", fragt Apollo besorgt.

„Unsere Reise beginnt. Wir werden gepflückt und im guten alten Europa verschickt", strahlt Marple. „Tut das weh?", will Apollo wissen.

„Och, es ist, als würde man dir alle Haare ausreißen", grinst Flavio boshaft.

„Gott, hoffentlich komme ich nicht mit euch in eine Kiste", seufzt Marple. „Hör nicht auf ihn, Apollo, er will dir nur Angst machen. Du wirst gar nichts spüren", beruhigt sie ihn.

„Ich will mit dir in einer Kiste sein, Marple", beschließt Apollo.

„Gute Wahl! UNSCHULD und KLARHEIT sind immer eine gute Kombination", sagt Winston anerkennend.

„Eine Prise Wunderbares schadet auch nie", schnurrt Kim. „Lasst uns einfach zusammenbleiben", schlägt sie mit ihrem süßesten Lächeln vor.

„Wird der Zweig von WUNDERVOLLEM-ICH etwa nervös?", neckt Winston.

„Warum sollten wir auseinandergehen? Wir kennen einander. Wir haben uns aneinander gewöhnt. Ich sehe nicht ein, warum wir uns unter andere mischen sollen. Wer weiß, neben wem man plötzlich landet." Kim blinzelt.

„Es kann nicht schlimmer werden, als einen Möchtegern-Mafiaboss zum Nachbarn zu haben", bemerkt Winston.

„Ha, ihr vier werdet froh sein, einen Paten zu haben, der auf euch Acht gibt. Ich werde unseren Clan beschützen", sagt Flavio stolz, wobei er zur Demonstration mit der Hand ausholt und eine riesige Umarmung andeutet.

Als die Pflücker sich der europäischen Reihe nähern, können die Pfefferschoten sie fröhlich singen hören. Ein Kopf mit einem roten Tuch hebt und senkt sich in der Nachbarreihe und pfeift eine Melodie.

„Okay, wir sollten uns bereit machen, wir sind als nächste dran", flüstert Marple. „Sorgt dafür, dass ihr euch von eurer besten Seite zeigt. Keiner von uns will mit einem Blatt verwechselt werden. Apollo, streck dich!", befiehlt Marple.

„Pah, als könnte man mich für ein einfaches Blatt halten", giftet Flavio und rollt mit den Augen.

Er würde es niemals zugeben, aber der Anblick des näher kommenden Kopftuchs lässt auch seine Nerven verrückt spielen. Heimlich nimmt er seine beste Haltung ein.

„Da kommt sie. Es ist eine Frau", kommentiert Winston die Szene.

„Sie hat ihren Beutel noch nicht geleert. Hoffentlich hat sie genug Platz für uns alle. Sonst werden wir womöglich getrennt, bevor wir den Anhänger erreichen", sagt Marple und wird ganz kribbelig.

„Ich werde ihr sagen, dass sie einfach Flavio weglassen soll, das schafft viel Platz", lacht Winston.

Die Pflückerin singt nun ein lustiges Lied. Ihre schöne Stimme hypnotisiert die Pfefferschoten. Flavio hängt mit offenem Mund da.

„Seht ihn an! Es würde mich nicht wundern, wenn er plötzlich seinen Berufswunsch ändern würde, um ihr nahe zu sein", kichert Marple.

„Oh, oh", schreit Apollo. Er wird als Erster gepflückt. Eine kleine Hand senkt sich zu ihm hinab. Eine Sekunde lang kann er das Gesicht der Frau sehen. Sie ist jung und hübsch, aber etwas blendet ihn, und eine Sekunde lang kann er nichts sehen. Dann realisiert er es. In ihrer Hand hält sie ein kleines silbernes Messer, das das Sonnenlicht reflektiert. Steif vor Angst schließt Apollo seine Augen und beißt die Zähne zusammen. Er fühlt, wie sein Körper in die Luft gehoben, schnell umgedreht und dann gegen ein weiches Material gelehnt wird.

„Wow!", rufen Winston und Marple, als sie neben ihn gelegt werden. Die Pflückerin zieht den Baumwollbeutel gerade, und die drei Pfefferschoten rutschen am Stoff hinunter und purzeln auf andere, bereits darin befindliche Pimientos de Padrón. Es ist dunkel und düster im Inneren des Baumwollbeutels. Die Luft ist stickig und trocken.

„Wow, das war lustig", quiekt Winston. „Ich hätte nichts dagegen, noch einmal dort hinunterzurutschen", kichert er in Erinnerung an das Erlebnis.

„Alles in Ordnung mit dir, Apollo?", fragt Marple fürsorglich.

„Ja, alles in Ordnung. Ihr bleibt doch bei mir, oder?", flüstert Apollo durch die Dunkelheit.

Der Beutel der Pflückerin wird erneut geöffnet. Das Sonnenlicht fällt durch die Öffnung herein und blendet die Pfefferschoten. Eine kleine Faust schießt in den Beutel und gibt weitere Pfefferschoten hinzu.

„Jippiieh!", ruft Flavio und Kim kreischt.

„Autsch! He!", beschwert sich Marple, als Flavio auf ihr landet. „Ah, genau hier gehöre ich hin", grinst Flavio und genießt seine dominante Position.

„Oh, sei still, du!" Marple gibt ihm einen Stoß. „Als Letzter rein, als Erster raus, sag ich nur", zischt sie.

„Uh, ich fühle mich etwas in Unordnung gebracht. Winston, kannst du mich sehen?", hustet Kim. „Ist mein

Leben & Träume der Pimientos de Padrón

Haar in Ordnung?", fragt sie und probiert, sich zu strecken. „Darüber würde ich mir keine Gedanken machen", empfiehlt Winston. „Der Beutel ist fast voll. Es kann nicht mehr lange dauern, bis wir in das nächste Behältnis fliegen", warnt er.

Noch mehr Pfefferschoten landen auf ihnen. Dann geschieht einen Moment lang nichts. Die Pfefferschoten können spüren, dass sie bewegt werden, aber es kommen keine neuen Kollegen hinzu. Plötzlich geht alles ganz schnell. Ihr Beutel wird umgedreht.

„He, ich werde zerquetscht!", schreit Flavio, aber keiner hat Zeit, ihm zu antworten. Der Beutel ist weit geöffnet und sie fliegen in eine Holzkiste. Stöhnen und aufgeregte Schreie schwirren durcheinander.

„Ich glaub, ich hab mir einen Splitter geholt!", kreischt Kim zu Flavio hinüber.

„Meine Liebe, ich liege auf dem Grund einer Holzkiste, und Hunderte von Pimientos de Padrón liegen auf mir drauf. Ich habe wirklich andere Probleme", knurrt Flavio zurück.

„Kannst du dich umdrehen?", fragt Winston sie. „Ich weiß nicht, ich fühle mich etwas eingeklemmt", weint Kim. „Versuche, dich ein bisschen hin und her zu bewegen, vielleicht kannst du dich dann drehen", rät Winston, um ihr zu helfen.

„Uuuh", jammert Kim. „Das ist wie Bauchtanz, es kann nicht so schwierig sein", versucht Winston sie zu motivieren. Den Tränen nahe probiert Kim, was ihr empfohlen wurde.

Streckt ihre Arme, bewegt sich langsam vor und zurück und dreht sich mit jedem Wackeln ein wenig.

„Kannst du etwas sehen?", fragt sie verzweifelt. „Nein. Alles sieht gut aus von hier. Vielleicht hast du dich nur am Holz gestoßen", erwidert Winston. „Argh, glaubst du, ich bekomme einen blauen Fleck? Niemand kauft Gemüse mit blauen Flecken!", kreischt sie alarmiert. Winston verdreht die Augen, aber das kann sie nicht sehen.

„Nein, nein, du siehst gut aus. Wir bleiben hier nicht lange. Bestimmt geht es bald weiter", sagt er, um sie zu beruhigen.

„Oh, das wäre gut. Es ist wirklich heiß hier", flüstert Apollo.

Die Stunden kriechen voran, und die Pfefferschoten liegen stumm da. Hin und wieder wird eine neue Holzkiste auf die oberste gestapelt, und mehr und mehr Pfefferschoten kommen hinzu. Staub sickert durch die Ritzen und legt sich auf ihre knackige Haut. Sie können hören, wie die Pflücker in der Ferne fröhlich singen und pfeifen, während sie sich durch die Felder arbeiten.

Als Bauer Gonzales den Zündschlüssel seines Traktors umdreht, beginnt der Anhänger im Rhythmus des Motors zu vibrieren. Der große Augenblick ist gekommen – die Pimientos de Padrón verlassen ihre Heimatfelder. Eine Welle von Traurigkeit überkommt sie bei diesem Gedanken, doch gespannte Erwartung gewinnt schließlich die Oberhand.

Ihre Reise hat begonnen!

Auf den Feldern lassen UNSCHULD, KLARHEIT und WUNDERVOLLES-ICH den Anhänger nicht aus den Augen. Ein Teil ihrer Seelen ist fort. Eine Welt voller Möglichkeiten erwartet sie. Es ist ein aufregender und ein stolzer Moment. Sie haben die nächste Generation hervorgebracht, die den Planeten zu einem besseren Ort machen wird.

Und sie selbst? Sie bleiben zurück. Ihre Bestimmung hat sich erfüllt. Sie werden nun schnell altern und den Boden für die kommende Generation, die zukünftigen Eltern neuer, junger Pimientos de Padrón, fruchtbar machen. Ihr Leben war nicht umsonst. Sie haben wundervolle Pfefferschoten voller Träume hervorgebracht, und mit ihren Körpern sichern sie das Leben der nachfolgenden Generationen. Es war viel harte Arbeit, doch sie möchten keinen Tag davon missen. Die drei Seelen lächeln einander herzlich an, wissend, was nun geschieht.

Eine nach der anderen schließen sie ihre müden, aber glücklichen Augen und genießen die letzten Sonnenstrahlen ihres kurzen, aber erfüllten Lebens.

*****

Nach einer holprigen Fahrt bleiben der Traktor und sein Anhänger plötzlich stehen. Die Pfefferschoten können hören, wie Männer sich unterhalten. Die Kisten werden schnell vom Anhänger gehoben, in einen Schuppen getragen und in einen Metallcontainer geleert.

„Apollo, halte den Atem an!", schreit Marple. „Warum? Was ist los?", fragt Apollo panisch.

„Wir werden gewaschen. Es wird jetzt kurz ziemlich nass. Aber uns passiert nichts. Hörst du!", ruft Marple.

Die Metallfläche unter ihnen beginnt sich vorwärts zu bewegen und zum Klang des Motors der Maschine zu vibrieren. Vor ihnen gehen Düsen an. Kühles Wasser wird auf ihre Körper gesprüht.

„Das ist fantastisch!", staunt Kim, dreht sich hin und her und rubbelt ihren staubigen Körper ab.

„Los, Apollo! Mach das Beste draus! Sorg dafür, dass du richtig schön glänzt und sauber bist, wenn wir am Ende ankommen", lächelt sie mit geschlossenen Augen. Der Schock, den Apollo im ersten Moment empfunden hat, lässt nach, und er entspannt sich. Das ist nicht schlecht, lächelt er in sich hinein und ahmt Kims Bewegungen nach.

Nach drei verschiedenen Sets Düsen bläst ein großer Ventilator warme Luft auf sie hinab. Die nassen, glänzenden Perlen werden von ihren Körpern gefegt. Apollo fühlt sich angenehm sauber. Tatsächlich hat er sich nie sauberer gefühlt. Bewundernd untersucht er seinen Körper. Seine grüne Haut glänzt wunderbar.

„Fantastisch!", ruft er, fast zu seiner eigenen Überraschung, und bringt Marple und Kim zum Kichern.

„Sieht aus, als hätte eine Prise WUNDERVOLLES-ICH auf dich abgefärbt", lächelt Marple. „Aber schau uns an, wir haben noch nie besser ausgesehen", staunt Apollo und ist stolz auf sich.

„Ahhh!" Apollo holt tief Luft, als er mehrere dunkelbraune Augenpaare von oben auf sie hinabblicken sieht. Zwei Hände kommen zu ihnen herab, nehmen eine Handvoll Pfefferschoten und platzieren sie sanft in eine mit Pappe ausgekleidete Steige.

„Marple!", kreischt Apollo und sucht verzweifelt nach seiner Freundin. „Keine Sorge, ich bin hier", versichert ihm Marple.

„Ah, ich bin so glücklich, eine Polsterung. Noch eine nackte Holzkiste könnte ich nicht aushalten", seufzt Kim.

„Sie wissen, wo wir hingehören", schnaubt Flavio. „Das ist nur angemessen."

„Absolut!", stimmt Kim ihm zu. „Wie sonst soll ich mich auf mein späteres Leben vorbereiten. Noch einen Splitter oder einen Schlag auf meinen Hintern könnte ich nicht aushalten." Bei dem Gedanken daran verdreht sie ihre Augen.

„Hat einer das Etikett auf unserer Kiste gesehen?", fragt Winston und wechselt das Thema zu wichtigeren Dingen. Die Pfefferschoten blinzeln einander an und hoffen verzweifelt, dass irgendeiner darauf geachtet hat.

„Es ging alles ziemlich schnell, muss ich zugeben", brummt Marple, als ihr klar wird, dass sie den Moment verpasst hat. „He, ihr da oben. Könnt ihr sehen, was auf dieser Kiste steht?", ruft Marple ein paar Pfefferschoten zu, die über ihnen liegen. Diese schauen einander an und warten darauf, dass ihnen eine schlaue Antwort in den Sinn kommt. „Versucht durch die Lücken in der Kiste zu schauen, bitte! Lasst mich wissen, ob ihr irgendwelche Buchstaben ausmachen könnt", fährt Marple im Befehlston fort. Eine Pfefferschote oben in der Kiste streckt sich, um einen Blick durch die Grifflöcher werfen zu können.

„Auf der Kiste neben uns steht etwas-etwas-etwas-DON. Ich kann die ersten Buchstaben nicht sehen", ruft die Pfefferschote zurück.

„Heb doch mal einer von euch den armen Kerl hoch! Wir müssen den vollständigen Namen wissen", ruft Marple zurück. Eine zweite Pfefferschote drückt sich unter seinen Kollegen, um ihn weiter nach oben zu schieben.

„Halte meine Füße gut fest, ich will nicht rausfallen", bittet die mutige Pfefferschote nervös. Die Pfefferschote unter ihm schiebt und schiebt, bis die obere Pfefferschote mit dem ganzen Kopf durch die Grifflöcher der Kiste schaut.

„Da steht … ONDON. Nein, warte, da ist noch etwas. Ich brauche noch einen Zentimeter, Leute", befiehlt die Pfefferschote. Die langgestreckte Pfefferschote darunter beginnt zu hüpfen, um für den zusätzlichen Zentimeter zu sorgen.

„ONDON … ONDON … ah, es heißt LONDON …", hört man seine Stimme. Dann folgt ein Schrei, als er das Gleichgewicht verliert. Die hüpfende Pfefferschote unter ihm stolpert und fällt auf ihren Rücken. Die mutige Pfefferschote verschwindet durch die Grifflöcher der Kiste.

„O Gott, er ist aus der Kiste gefallen." Apollo stockt vor Schreck der Atem. „Hmm, ja, sieht so aus", stimmt Marple zu und weiß nicht genau, was sie sagen soll.

„Boaaahh … Looondooon", schreit die mutige Pfefferschote, fliegt in die Kiste zurück und landet oben auf dem Stapel. „Mein Kopf! Ich habe mir den Kopf angestoßen!" Die Pfefferschote reibt sich den Kopf. „Zum Glück hat einer der Pflücker mich gesehen, und da bin ich wieder, zurück in der Kiste", grinst er.

„London! London!", singt Marple. „Wir gehen nach London, meine Freunde", freut sie sich. „Der erste Schritt unseres Schicksals nimmt bereits Gestalt an", strahlt sie und schlingt die Arme um sich. Ganz aufgeregt, weil sie nun ihr Reiseziel kennt, lässt sie ihre Träume davon inspirieren. London also!

Eine lange Reise über das Meer steht ihnen bevor. Heute ist ihre letzte Nacht im Land der Hoffnungen und Träume der Pimientos de Padrón. Ein letztes Mal noch werden sie die Luft ihrer Felder atmen und die friedliche Stille im Tal erleben.

Die Pfefferschoten lassen sich einhüllen von der Wärme, die die Heimat ihrer Seelen durchdringt, der Wärme im Land der Hoffnungen und Träume der Pimientos de Padrón.

Verletzliche Träume 9

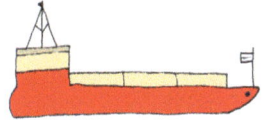

Am nächsten Tag geht alles ganz schnell. Noch vor Sonnenaufgang gehen die Lichter in der Lagerhalle an. Menschen eilen hin und her, ohne viele Worte zu verlieren. Freudige Erwartung liegt in der Luft und setzt sich bis in die Kisten fort.

„Oh, es ist noch nicht einmal Morgen. Was ist los?", murrt Apollo. „Sie bereiten unsere Abreise vor", strahlt Marple ihn hellwach an.

„Pssst … Ich versuche zu schlafen", protestiert Kim. Und dreht sich auf die Seite. „Ich auch, trotz des Lärms", murrt Apollo.

„Ignoriere den Lärm", empfiehlt Winston.

„Wie kannst du ignorieren, dass wir abfahren? Das ist so aufregend! Apollo, du hast auf dem Feld ewig geschlafen. Wach auf!", strahlt Marple. „London, wir kommen!", ruft sie.

„Gut gemacht, jetzt sind wir alle wach", murrt Flavio und reibt sich die Augen.

Rund um sie herum werden die Kisten hochgehoben und einzeln weggetragen, sodass das helle Licht im Schuppen ihr Zuhause auf Zeit erhellt.

„Wir sind als Nächste dran", kommentiert Marple aufgeregt das Geschehen. „Etwas frische Luft tut uns gut! Es wird ganz schön warm hier drin", beschwert sich Flavio.

„Wenn du wirklich vorhast, nach Süditalien zu gehen, gewöhnst du dich besser an die Hitze", empfiehlt Marple ihm.

„Die Hitze kann ich aushalten. Aber nicht die stickige Luft. Auf dem Feld war es heiß, aber die Luft war immer frisch. Im Süden von Italien wird es genauso sein: heiß, aber immer eine frische Brise vom Meer", fügt Flavio hinzu, als Erklärung für sich selbst.

„Sei dir dessen nicht allzu sicher", mischt Winston sich ein. „Von meiner Seele weiß ich, dass der Süden Italiens ein Problem mit der Abfallentsorgung hat. Unmengen von Müllsäcken liegen an den Straßenrändern. Dort wird die Luft nicht gerade frisch sein, mein Freund. Wie auch immer, ich werde dich suchen. Du versteckst dich bestimmt an unerfreulichen Orten", grinst Winston und freut sich bei dem Gedanken, Flavio zu ärgern.

„Ich werde das Problem lösen. Es wird der erste Punkt auf meiner Tagesordnung sein. Ich werde reichlich Geld haben, und da ist das dann das geringste Problem. Und hör auf, mich zu nerven! Hast du nichts Besseres zu tun, als mich zu suchen?", zischt Flavio.

„Okay, ich lass dich ein paar Probleme lösen, und dann jage ich dich", lacht Winston.

Ihre Kiste wird hochgehoben und nach draußen getragen. Frische Luft dringt durch die Ritzen ihrer Steige. Die frühe Morgensonne erobert gerade mit den schönsten Rot- und Gelbtönen den Himmel über dem Tal. Eine wundervolle Mischung aus Licht und Wärme wünscht den Pfefferschoten Lebewohl.

Die Motorengeräusche eines Lasters erfüllen die Luft und lassen den Boden um sie herum erbeben. Ihr Transportmittel ist angekommen. Die Türen des Lasters quietschen, Hände werden geschüttelt, ein paar Anweisungen gegeben. Die Kisten werden aufgeladen, dann die schweren Türen des Lasters zugeschlagen. In vollkommener Dunkelheit erzittern die Pfefferschoten im Rhythmus des Motors und werden fortgebracht aus dem Land der Hoffnungen und Träume der Pimientos de Padrón.

Während der ganzen Reise liegen die Pfefferschoten stumm da. Sie haben ihr Zuhause verlassen, den Ort ihres Ursprungs. Zum ersten Mal fühlen sie sich fern von ihrer Heimat, ihrer Seele. Sie müssen rasch lernen, sich auf neue Weise mit dem Quell ihres Wissens zu verbinden. Alles Wesentliche haben sie in sich gespeichert, doch in neuen Situationen werden sie auch neues Wissen benötigen. Sie werden Konzentration, Selbsterkenntnis und einen festen Glauben an die Kraft aus Urvertrauen aufbringen müssen, um weiter wachsen zu können.

Eine Träne der Traurigkeit läuft Apollos Wange hinab. Er ist sich der Träne nicht bewusst. Es ist der innere Schmerz der Ablösung, der sein Herz zerreißt. Der sich einen Weg als dicke Träne bahnt, die seitlich sein Gesicht herabrinnt.

„Sei unbesorgt, Apollo", flüstert Marple. „Du bist niemals wirklich allein und verlassen. Es ist jetzt nur anders. Wir sind erwachsen genug, um stets in Kontakt mit unserer

Seele zu sein, wo immer wir auch sind. Deine Seele der Unschuld wird dich niemals verlassen", tröstet sie ihn.

„Woher weißt du, dass ich traurig bin?", flüstert Apollo zurück und ist etwas beschämt, dass seine Gefühle trotz der undurchdringlichen Dunkelheit im Inneren des Lastwagens bemerkt wurden.

„Weil ich es fühle." Marple stupst ihn an. „Ich benutze meine Fähigkeiten, um zu spüren, wie diejenigen, die mir lieb und teuer sind, zurechtkommen. Und, nun ja, irgendwie ist das doch naheliegend, oder?", lächelt sie.

„Und wie mache ich das? Wie bleibe ich in Kontakt mit meiner Seele?", fragt Apollo.

„Es ist einfach. Du weißt, wie deine Seele sich anfühlt. Denk an das Gefühl. Atme tief. Werde ruhig, und dann stell deine Frage. Mach dir bewusst, wie das Gefühl in dir wächst, und erkenne seine Bedeutung. Es erfordert ein wenig Übung, aber glaube mir, jeder kann es!", versichert ihm Marple. Apollo lächelt und trocknet seine Träne. Er liebt Marple, sie weiß alles. Was sie sagt, ergibt Sinn und ist klar. Sie ist eine wahre Seele der KLARHEIT. Ihre Worte sind reines Licht, das ihn durch die Dunkelheit führt.

Nach einer längeren Fahrt hält der Laster, und der Motor wird abgestellt. Die Pfefferschoten zählen die Minuten der Stille. Nach ihrem Zeitempfinden, voll der ungeduldigen Erwartung, können es auch Stunden sein.

„Glaubt ihr, wir werden in eine Flugmaschine geladen?", fragt Apollo aufgeregt.

„Das heißt Flugzeug", verbessert Winston ihn. „Ich weiß. Aber ich mag das Wort Flugmaschine. Es ist das erste Ding, über das ich etwas gelernt habe, und das hat sich in mein Gedächtnis eingebrannt", verteidigt Apollo seine Wortwahl. „Wie du möchtest", sagt Winston und hebt eine Augenbraue. Es ist ungewöhnlich, dass Apollo sich verteidigt.

„Ich glaube nicht, Apollo", beantwortet Marple seine Frage zögernd. „Wie kommen wir dann nach London?", fragt Apollo enttäuscht.

„Als Nächstes werden wir bestimmt auf ein Schiff gebracht", informiert Winston ihn. „Ein Schiff", wiederholt Apollo. „Vielleicht ein Luftkissenboot. Das wäre fast wie Fliegen", strahlt er.

„Das glaube ich nicht", murmelt Winston. „Luftkissenboote werden nicht so oft benutzt, und ganz bestimmt nicht, um Gemüse von A nach B zu transportieren. Aber wer weiß, vielleicht irre ich mich", sagt er und rollt mit den Augen.

„Wenn wir heute nicht mit einem Luftkissenboot fahren, dann mache ich das später mal, in meinem neuen Leben. Vielleicht werde ich ein Luftkissenboot lenken. Ich könnte Luftkissenbootfahrer werden", plappert Apollo begeistert weiter.

„Nun, das ist eine Idee", fügt Marple hinzu, um ihn aufzuheitern.

„Auf welche Art wir auch reisen, ich hoffe nur, es wird nicht zu warm. Ich will schön und fest bleiben. Wer will schon eine verschrumpelte Pfefferschote kaufen?", schließt sich Kim der Unterhaltung an.

„Darüber würde ich mir keine Gedanken machen. Es hat für sie höchste Priorität, dass wir bei unserer Ankunft gut aussehen. Sie werden ihre Investition nicht aufs Spiel setzen wollen. Wo auch immer wir hinkommen, es wird sicher angenehm kühl sein", formuliert Marple ihre Gedanken.

Die Türen des Lasters werden aufgerissen, die Kisten schnell ausgeladen und in mehreren Reihen gestapelt. Die Luft ist heiß, die Sonne steht senkrecht am Himmel und demonstriert gnadenlos ihre Macht. Marple, Apollo, Kim und Winston liegen in der obersten Kiste ihres Stapels, und sie sind den brennenden Sonnenstrahlen unbarmherzig ausgesetzt.

„Ah, das ist tödlich", schluchzt Kim. „Ich zerfalle gleich zu Staub. He, unternehmt mal was", ruft sie den emsigen Arbeitern zu. Aber ihr Schrei verhallt ungehört.

„Oh, seht. Die Kisten da drüben haben alle die Aufschrift London. Sie werden auf das rote Schiff geladen. Es kann also nicht lange dauern, bis wir auch dazukommen", freut sich Apollo über seine Beobachtung.

Eine nach der anderen werden die Kisten vor ihnen auf das Schiff gehoben und verschwinden in seinem dunklen Laderaum. Als die letzte Kiste verstaut ist, verschwinden die Arbeiter, und im Hafen wird es ruhig. Marple und ihre Freunde bleiben in der brennenden Sonne zurück. Keiner scheint sie zu bemerken.

„Irgendetwas stimmt nicht. Wir hätten auch aufgeladen werden sollen", analysiert Marple. „Vielleicht kommen wir auf ein anderes Schiff", kommentiert Apollo naiv.

„Ein anderes Schiff würde bedeuten: ein anderes Reiseziel", Flavio kann nicht verhindern, dass ein wenig Freude in seinen Worten mitschwingt. „Vielleicht ist es doch eine direkte Fahrkarte nach Italien", grinst er.

„Sei nicht töricht. Bestimmt wird sich die Situation gleich klären", sagt Marple und versucht, überzeugend zu klingen.

Eine neue Gruppe Arbeiter erscheint und untersucht die Kistenstapel. Ein Mann studiert das Etikett auf ihrer Kiste, schüttelt den Kopf und ruft seinem Kollegen etwas zu.

„Ha, seht ihr, er hat es gemerkt", freut sich Marple. Ihre Kiste wird hochgehoben und mit einem Rumms grob auf dem Boden abgesetzt. Eilig heben die Arbeiter die anderen Kisten hoch und tragen sie zu einem blauen Schiff, das neben dem roten ankert. Schon bald sind sie ganz allein auf dem Boden.

„Und nun, ihr Schlaumeier?", zischt Flavio. „Wenn wir noch länger hierbleiben, vertrocknen und verschrumpeln wir alle", beschwert er sich.

„Oh, das geht nicht nach Plan. Gehe ich schon aus der Form, Winston?", jammert Kim und blickt an sich hinab.

„Warum fragst du immer mich? Frag deinen Seelenbruder!", antwortet Winston verdrießlich. Ihre Angst und die Hitze fordern ihren Tribut, ihre Stimmung schlägt um.

Kleine tapsende Schritte und schwere Atemgeräusche nähern sich ihrer Kiste. Plötzlich erscheint über ihnen eine schwarze, feuchte Nase. Tropfen fallen auf die zuoberst liegenden Pfefferschoten, als eine haarige Kreatur ihre Nase

Leben & Träume der Pimientos de Padrón

in die Pfefferschoten schiebt. Ein fauliger Geruch nach zerkauten Resten und zu wenig Wasser wird über ihre Köpfe gepustet, gefolgt von einem unwillkommenen Schwall Sabber. Die Kreatur gräbt ihre Nase noch tiefer in die Pfefferschoten.

„Argh, es kommt näher", sagt Kim atemlos und versucht, sich zu Winston hinüber zu drücken.

„O Gott, was ist das?", kreischt Apollo.

„Das ist ein Hund. Ein ziemlich schmutziger Straßenhund. Ich denke nicht, dass er uns Pfefferschoten fressen sollte", hofft Marple.

„Uhh, wenn er uns nicht frisst, werden wir von seiner Spucke ganz faulig", sagt Kim in Panik und schützt ihren Kopf mit den Armen. „Köpfe runter! Zum Glück liegen wir nicht oben", befiehlt Marple.

Die schwarze, feuchte Nase gräbt sich tiefer und kommt Flavio gefährlich nah.

„Ihh, wenn er uns noch einmal anhaucht, falle ich in Ohnmacht", klagt Flavio und dreht seinen Kopf von der Hundeschnauze weg.

„Gewöhne dich an den Geruch, mein Freund. Dort, wo du hingehst, wird es genauso sein, bis du das Müllproblem unter Kontrolle kriegst", grinst Winston, der sich außer Gefahr fühlt.

Der Hund hebt einen Moment lang den Kopf und gibt den Pfefferschoten eine Sekunde Zeit, Luft zu holen. Mit seiner Vorderpfote gräbt er in der Kiste herum und schiebt die Pfefferschoten auf eine Seite. Seine braunen Krallen schrammen gefährlich nah an den Pfefferschoten vorbei. Jeden Augenblick könnte eine von ihnen aufgespießt werden, und das würde einen sicheren und schrecklichen Tod bedeuten.

„Verschwinde, du Biest!", flucht Flavio in Richtung Hundepfote. „Ich komme zurück und mache dich fertig. Warte nur!", schreit er die schmutzige Hundepfote an. Enttäuscht zieht der Hund seine Pfote zurück und wendet sich der Umgebung zu.

„Ha, so ist's gut. Leg dich nicht mit mir an!", jubelt Flavio stolz und reckt triumphierend die Faust. „So lange ihr bei mir, dem Paten seid, seid ihr sicher!", erklärt er selbstgewiss und öffnet seine Arme, wie um die Pfefferschoten zu herzen. Noch bevor er die Hände wieder gesenkt hat, vergräbt der Hund seine Nase erneut in den Pfefferschoten. Er öffnet seine Schnauze, atmet tödlichen Gestank aus und schnappt sich mit seinen schmutzigen Zähnen eine von ihnen. Alle keuchen panisch.

Vor der Kiste lässt der Hund die arme Pfefferschote auf den heißen Asphalt fallen. Die Unglückliche kreischt in Horror nach ihren Kollegen, aber die sind machtlos.

Entschlossen senkt sich der Kopf des Hundes auf die Pfefferschote herab. Ihre verzweifelten Schreie dringen durch die Luft, während der Hund sie am Kopf packt und hochhebt. Wässriger Speichel rinnt dem Hund aus der Schnauze, als er in den Körper der Pfefferschote beißt und darauf herumkaut. Starr vor Angst beobachten die Pfeffer-

Leben & Träume der Pimientos de Padrón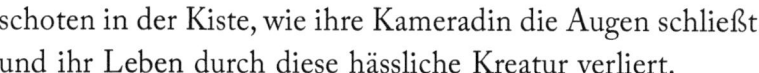

schoten in der Kiste, wie ihre Kameradin die Augen schließt und ihr Leben durch diese hässliche Kreatur verliert.

Aber der Hund ist nicht glücklich mit seinem Fund und schüttelt zum Ärger aller seinen Kopf. Dabei spuckt er die Reste der Pfefferschote auf den Boden. Es folgen ein heiseres Husten und ein ersticktes Jaulen, als der Hund sein Inneres nach außen kehrt.

„Das wir dir eine Lehre sein!", ruft Flavio. „Die war scharf! Du hast eine scharfe erwischt, nicht wahr?", lacht Flavio laut. Die andere Pfefferschoten blicken ihn schockiert an. „Was? Und nun? Wir haben überlebt, nicht wahr? Die scharfe Pfefferschote hat sich geopfert, damit wir weiterleben können. Das Leben ist nicht immer gerecht. Das Leben ist nicht immer ein Kinderspiel. Gewöhnt euch daran!", faucht Flavio in die Menge weit geöffneter Augen.

„Du könntest etwas sensibler sein", flüstert Kim ihrem Seelenbruder Flavio zu. „Das war ziemlich rücksichtslos. Du hättest uns noch ein wenig Zeit geben können, die Sache zu verdauen", säuselt sie.

„Ich glaube nicht, dass wir uns zu sehr freuen sollten. Wir stehen noch immer hier in der heißen Sonne. Es ist ja nicht so, dass wir schon auf unser Schiff geladen worden wären. Unsere Träume sind immer noch gefährdet", erinnert Marple sie ruhig.

„Was, wenn der Hund zurückkommt? Vielleicht will er uns noch ein zweites Mal probieren", meint Apollo ängstlich. Die Pfefferschoten blicken auf den Hund, der immer noch seinen Kopf hin und her wirft und auf den Boden spuckt.

„Du hast recht. Er hat bestimmt kein Elefantengedächtnis. Wahrscheinlich kommt er zurück, sobald der erste Schreck verklungen ist", stellt auch Marple, von ihren eigenen Worten beunruhigt, fest.

Ihre Sorgen werden durch ein scharfes Pfeifen zerstreut. Ein Mann in schweren Stiefeln läuft auf den Hund zu, ruft und wedelt wild mit den Armen. Schnell hebt der Hund seinen Kopf und läuft weg. Der Mann stemmt die Hände in die Hüften und betrachtet die zurückgelassene Kiste Pimientos de Padrón. Schließlich hebt er sie hoch und prüft ihr Etikett.

„Bitte, bitte, lass ihn herausfinden, wo wir hingehören", betet Marple laut. Alle Pfefferschoten tun es ihr gleich und schließen hoffnungsvoll die Augen.

Der Mann blickt nach rechts und links und pfeift schließlich zum roten Schiff hinüber. Ein kleiner Mann mit Wollmütze erscheint an der Reling. Mit lauter Stimme wechseln sie ein paar Worte und der Mann, der die Kiste mit den Pfefferschoten hält, zeigt sie dem anderen.

„Na mach schon, los. Reiche uns hinüber. Wir gehören an Bord", fleht Marple. Der Mann an der Reling kratzt sich am Kopf und kniet sich dann mit ausgestreckten Armen nieder. Die Kiste mit den Pfefferschoten wird übergeben und kurze Zeit später ist sie unter Deck verstaut.

„Oh, wir haben es geschafft. Wir haben es geschafft!", ruft Marple und die anderen schließen sich ihren Jubelrufen an.

„Wir sind in Sicherheit", schluchzt Kim, kämmt ihr Haar und lehnt sich mit dem Rücken an Winston.

Als sich alle beruhigt haben, kann Apollo seine Gedanken nicht mehr zurückhalten.

„Marple, was, glaubst du, ist dieser armen Pfefferschote zugestoßen?", fragt er mit ruhiger Stimme. Marple streicht sich über das Gesicht. „Hmm, nun, ich denke, sie war einfach nicht dazu bestimmt, gegessen zu werden. Sie kann froh sein, dass diese schmutzige Kreatur ihn nicht hinuntergeschluckt hat. Stell dir vor, als dieser Hund aufzuwachen!", sagt sie mit finsterem Blick. „Ich denke, sein Lebenszweck war es, uns zu retten", fügt sie nach einer kurzen Pause gedankenvoll hinzu. „Wenn jene Pfefferschote nicht dort gewesen wäre, wäre wir alle verloren gewesen. Stellt euch all die zerstörten und verschwendeten Träume vor", spricht Marple weiter.

„Aber was ist mit ihren Träumen?", beharrt Apollo.

„Sie war eine Schutzseele. Sie hat davon geträumt, die weniger Glücklichen zu schützen", schluchzt eine Pfefferschote über ihnen. Apollo fällt bei diesen Worten die Kinnlade hinunter. „Ihre Bestimmung ist erfüllt worden, schätze ich." Die Pfefferschote wischt sich eine Träne aus dem Auge.

„Ja, das denke ich auch", stimmt Winston zu.

„Es gefällt mir nicht, als der weniger Glückliche angesehen zu werden", schmollt Flavio.

„Oh, halt die Klappe! Du solltest dankbar sein. Dankbar gegenüber der Pfefferschote und ihrem Glauben, der bewirkt hat, dass wir eine schützende Hand über uns hatten", schilt

Marple ihn. Die Pfefferschoten verstummen und brauchen einen Moment, das gerade Erlebte zu verarbeiten.

Fern vom Land der Hoffnungen und Träume der Pimientos de Padrón werden die Pfefferschoten mit ihrer ersten lebensbedrohlichen Situation konfrontiert. Ohne den Schutz von Bauer Gonzales sind sie verletzlich. Ihr Vertrauen in den Glauben und das Gute in der Welt ist ihr wichtigster Trumpf.

Hoffnungen und Träume nehmen plötzlich eine unerwartete Wendung. Eine Wendung, an die keiner gedacht hatte, die nun aber sehr gut erklärbar scheint. Ein Traum ist ein Traum. Aber wird jeder Traum durchdacht und auf alle Gestalten hin überprüft, die er annehmen kann?

Während die Pfefferschoten im schwachen Licht des Schiffsladeraums liegen, zieht die Sonne am Himmel langsam weiter ihre Bahn und dörrt die Überbleibsel derjenigen aus, die sich für das Überleben der anderen geopfert hat. Jede Seele hat ihre eigene Bestimmung. Und auch wenn manche ein gemeinsames Ziel haben, kann es bisweilen auf unerwartete Weise erreicht werden. Einer Sache können wir jedoch gewiss sein: Die Seele wird das ihr eigene, ihr eingeschriebene Schicksal immer erfüllen.

Im Land der Hoffnungen und Träume der Pimientos de Padrón wünschen die Seelen ihren Pfefferschoten alles Gute, für welchen Weg ihr Schicksal sich auch immer entscheidet.

Schmetterlinge unseres Daseins

10

Nachdem sich die Pfefferschoten im klimatisierten Schiffsladeraum etwas abgekühlt haben, fallen sie in unruhigen Schlaf. Der faulige Atem des streunenden Hundes und seine schmutzige Nase, die sich durch ihre Kiste gewühlt hat, hat sich in ihre Gemüter gebrannt. Den Anblick, wie ihre Kameradin zerstückelt über den heißen Asphalt verteilt wurde, können sie nicht so leicht vergessen, auch wenn sie wissen, was man tun kann, um unerwünschte Erfahrungen loszulassen. Sie sind Meister darin, Ballons mit unbeabsichtigt aufgenommener negativer Energie abzuschneiden und zu ihrer reinen Seele zurückzufinden. Die grausamen Bilder zu verarbeiten, wird etwas Zeit der Heilung erfordern.

Die kühle Luft im Schiffsladeraum riecht nach altem Holz, in den sich der metallische Duft emsig laufender Motoren mischt. Eine gut trainierte Nase könnte womöglich sogar eine leichte Spur Motorenöl ausmachen. Aber genauso gut könnte das Gehirn die Sinne täuschen, aus dem Wissen und der Erwartung heraus, einen solchen Geruch vorzufinden.

Die Motoren brummen, als das Schiff aufs Meer hinaus fährt, und die Pfefferschoten schaukeln auf den Wellen des Ozeans. Mit ihrer glatten Haut reiben sie sanft aneinander, sehr zu Kims Gefallen. Sie mag es, Rücken an Rücken mit Winston zu liegen, und er genießt insgeheim ihre Nähe.

Zwei sehr verschiedene Seelen, die wunderbar miteinander harmonieren, wenn sie nur wollen. Indem er vorgibt zu schlafen, kann Winston sich zurücklehnen und ihre Nähe genießen; er hat keinerlei Grund zur Klage. Kim gurrt sanft im Schlaf.

„Schau dir die beiden Turteltäubchen an", flüstert Marple Apollo zu. „Wer hätte das gedacht", schmunzelt sie verwundert.

„Sie sehen aus, als würden sie sich miteinander sehr wohlfühlen", flüstert Apollo zurück und freut sich über den Anblick von Eintracht. „Das tun sie nur, solange sie schlafen", schmollt Marple. „Im wachen Zustand würden sie das wahrscheinlich niemals hinbekommen", fügt sie hinzu.

„Warum nicht? Wäre es nicht schön, wenn zwei aus unserer Reihe sich finden würden?", strahlt Apollo.

„Ha! Wir sind auf dem Weg, unser Schicksal zu erfüllen. Wir werden gegessen und zu Menschen. Da bleibt nicht viel Zeit, um miteinander zu turteln. Das können sie noch ausgiebig genug tun, wenn sie erst Menschen sind", grollt Marple und fühlt sich ein wenig ausgeschlossen.

„Oh, glaubst du, sie werden sich wiederfinden, wenn sie Menschen sind?", fragt Apollo aufgeregt. Seine Stimmung hebt sich bei dem Gedanken.

„Sich wiederfinden? Das weiß ich nicht. Da habe ich noch gar nicht drüber nachgedacht. Ich kann mir vorstellen, dass es möglich ist. Ja, warum nicht? Aber ich glaube nicht, dass sie ein sehr harmonisches Paar wären. Sie haben recht unterschiedliche Bestimmungen", spielt Marple die Überlegung durch.

„Ihr zwei da, es reicht jetzt. Meine Seelenverwandte Kim wird sich nicht mit eurem Winston zusammentun. Stellt euch das doch nur mal vor! Das würde bedeuten, dass ich mich mit ihm arrangieren müsste, und unsere Bestimmung führt definitiv nicht in dieselbe Richtung", unterbricht Flavio ihre Gedanken.

„Eigentlich dachte ich das. Du wirst unten im Süden das Leben eines Paten leben und er wird hinter dir her sein. Ihr zwei habt den ganzen Sommer davon geredet." Marple verdreht die Augen.

„Na gut, kann sein, dass es so kommt. Aber Kim wird ihn bestimmt nicht dabei begleiten. Genug jetzt!", gibt Flavio scharf zurück. „Aber Moment mal, vielleicht könnte sie es doch. Sie könnte dafür sorgen, dass er es niemals schafft. Sie könnte ihn auf den falschen Weg führen, wenn ihr wisst, was ich meine. Hmm, der Gedanke gefällt mir", grinst Flavio böse.

„Du bist widerlich, echt. Ich verstehe nicht, wo du das alles herhast. Das kann unmöglich alles in deinem kleinen Körper stecken", zischt Marple.

„Nun denn, in uns allen steckt mehr, als wir denken. Mir gefällt dein Ton nicht", sagt Flavio und lacht sich ins Fäustchen, während Apollo fast die Beherrschung verliert.

„Ich glaube an die Liebe. Man kann wundervoll und liebenswert sein. So wird Kim sein. Vielleicht wird sich herausstellen, dass sie beide verschiedene Wege gehen.

Vielleicht bekommen sie wunderbare Kinder und Winston wird Rechtsanwalt oder so etwas und braucht das Schlechte in der Welt nicht aktiv zu jagen. Sie werden ein wunderbares Zuhause haben, in einer großen Stadt. Alle werden glücklich sein." Apollo lächelt verträumt. Flavio zieht eine Augenbraue hoch und prustet vor Lachen.

„Du verlierst ein wenig die Bodenhaftung, mein kleiner Freund", erwidert er trocken, aber Apollo lässt sich davon nicht beeindrucken. Er stellt sich schon das unschuldige Leben vor, das sie führen könnten, mit einem Hauch Glamour.

Flavio beginnt, sich nach vorne zu schieben. Andere Pfefferschoten beschweren sich.

„Grrr, deine Gefühlsduselei regt mich auf, Apollo. Hör auf damit, hörst du! Ich kann sie am ganzen Körper spüren. Das ärgert mich! Ich kriege Zuckungen!", schimpft Flavio.

„Ach, du fühlst dich unwohl?", fragt Marple erfreut. „Mach weiter, Apollo! Diese Pfefferschote braucht ein bisschen rosa Zauber, um besser drauf zu kommen", grinst sie.

„Hört auf, ihr zwei! Mir ist übel", ruft Flavio.

„Was ist los?", murrt Winston und schlägt die Augen auf. „Nichts", sagt Apollo schnell zu seiner eigenen Überraschung. Winston reckt sich und versucht, sich beiläufig von Kim zu entfernen. „Na, nach nichts klingt es nicht gerade. Worüber diskutiert ihr drei? Wir sollten uns ausruhen", versucht Winston es erneut.

„Manche von uns ruhen sich wunderbar aus", feixt Marple.

„O ja", lächelt Kim mit geschlossenen Augen. Ich habe mich wirklich gut gefühlt. Warum bist du weggerutscht, Winston?", fragt sie und tätschelt ihren Rücken, als wolle sie sagen, „rutsch bitte zurück". Marple und Apollo müssen kichern.

„Ich glaube, ihr habt alle ein wenig die Kontrolle über euch verloren", analysiert Winston das Verhalten der drei mit prüfendem Blick.

„Wie auch immer. Apollo, hör auf zu denken, was du gerade denkst. Mir wird ganz schlecht davon!", murrt Flavio und hält sich den Bauch.

„Ich fühle mich auch nicht so gut", gibt eine Pfefferschote neben Flavio zu. „Ah, schau! Merkst du, was du uns allen antust, Apollo?", beschwert sich Flavio, der sich etwas zurückgesetzt fühlt, weil nicht er es ist, dem so viel Liebe zuteil wird.

„Woher weißt du, was ich denke?", fragt Apollo verblüfft darüber, Übelkeit zu verursachen.

„Weil ich es fühlen kann. Ich bin sehr begabt, deswegen hat es mich zuerst getroffen. Schau, wie ich mich winde. Wenn du weitermachst, ist bald uns allen übel. Bei einigen dauert es nur etwas länger", zischt Flavio.

„Also, woran denke ich?", will Apollo wissen, da er immer noch nicht versteht, was er gerade scheinbar Schreckliches tut.

„Grrr, Schmetterlingssachen. Ich will wirklich nicht ins Detail gehen. Mir ist schon übel genug, ohne dass ich die Wörter ausspreche", jammert Flavio in Schmerzen.

„Schmetterlingssachen? Ich habe an ein Leben in Liebe gedacht. Daran, sein fehlendes Gegenstück zu suchen und sich dann wiederzufinden, wenn man seine höhere Bestimmung erlangt hat. Wie kraftvoll wäre das wohl? Wie hoch könnte man da fliegen? Man bräuchte keine Luftmaschine. Die eigenen Flügel würden einen tragen. Zwei Seelen der zukünftigen Generation, die sich nach ihrer Verwandlung wiedertreffen und ihre Liebesgeschichte fortsetzen. Die Welt würde ihnen zu Füßen liegen und die Wolken würden sie tragen. Jeder Schritt ein sanfter Sprung und eine weiche Landung. Für immer vereint. In der Vergangenheit. In der Gegenwart. Und in der Zukunft", sagt Apollo, stolz, seine Gedanken in Worte zu fassen.

„Das ist wunderbar. Vielleicht solltest du eher Schriftsteller als Luftmaschinen- oder Luftkissenbootkapitän werden", gratuliert ihm Kim mit einem bewundernden Nicken.

„Ha, genau das ist es. Ich hab schon einen ganz komischen Geschmack im Mund", platzt Flavio heraus und spürt, wie es ihm den Magen umdreht, als sich das Schiff sanft zur Seite neigt.

„Ich wollte nur zum Ausdruck bringen, dass ich nicht an Schmetterlinge denke, sondern an ein außergewöhnliches Leben voller Liebe", erklärt Apollo.

„Apollo, wenn du überwältigende Liebe spürst, wie würdest du sie beschreiben?", fragt Marple ihn.

„Es ist ein Kitzeln in meinem Bauch. Als hätte ich eine sprudelnde Tablette verschluckt", lächelt er und freut sich über den Gedanken. „Manche Leute beschreiben das Gefühl als Schmetterlinge, die in ihrem Magen mit ihren Flügeln flattern", lächelt Marple. „Oh, die Schmetterlinge stehen also für Liebe. Das gefällt mir!", kichert Apollo schüchtern.

„Yeah, aber einigen von uns gefällt es nicht", sagt Flavio scharf zu ihm.

„Leute, wirklich! Beruhigt euch! Wir sind auf einem Schiff, das die Segel gesetzt hat. Wir sind irgendwo auf dem Ozean. Es gibt Wellen, die unser Schiff zum Schwanken bringen. Denkt doch mal darüber nach! Nicht Apollos rosarote Gedanken sind schuld daran, dass ihr euch schlecht fühlt. Ihr seid seekrank!", erklärt Marple augenzwinkernd, die von der endlosen Diskussion allmählich genug hat.

„Wer weiß? Ich bin ein Typ für einen Privatjet. Ich bin nicht dafür geschaffen, auf einem Schiff zu sein. Okay, vielleicht auf einer Luxusjacht in einer Bucht an der Costa Smeralda, aber das ist eine andere Geschichte", verteidigt Flavio sich.

„Oh, Costa Smeralda. Dort werde ich auch sein", quiekt Kim aufgeregt. „Nein, wirst du nicht; nicht mit ihm", schmollt Flavio. „Nicht mit wem?", fragt Kim überrascht.

„Mit ihm natürlich. Deinem Mister Schmetterling", gestikuliert Flavio ausladend in italienischer Manier.

„Deine Schiffsschmetterlinge machen dich komisch", Kim verdreht die Augen und sucht Winstons Rücken, um sich dagegenzulehnen.

„Wie auch immer. Du und alle anderen, denen schlecht ist, sollten sich auf eine Seite der Kiste begeben, bevor eure Schiffsschmetterlinge beschließen, sich über uns allen zu entleeren." Marple deutet mit ihrem Zeigefinger. „Ich werde es nicht zulassen, dass mich einer von euch vollspuckt", erklärt sie mit scharfer Stimme. Die Pfefferschote neben Flavio rückt schnell zur Seite. Sie fürchtet Marples scharfe Zunge. Aber Flavio wäre nicht Flavio, hätte er sich von der Stelle gerührt. Er dreht sich nur auf die Seite und wiegt seinen Bauch in seinen Händen, ohne ihren Worten Beachtung zu schenken.

„Wie lange sind wir überhaupt hier drauf", murmelt er. „Zwei Tage, denke ich mal", vermutet Winston und lehnt sich wieder an Kim.

Schmetterlinge aller Art haben sich in den Schiffsladeraum geschlichen. Manchen Pfefferschoten ist übel, andere sind verwirrt. Zwei haben sie noch nicht entschieden, und einer hat die beiden schon zum Altar geführt.

Ein Kribbeln im Bauch lässt sich manchmal nur schwer interpretieren, und nicht immer ist es in der Welt willkommen, in die es eindringt. Tief im Innern hält die Seele ihr Versprechen und schickt ihre zarteste und schönste Kreatur, um Gefühle aufzuwühlen. Während die Schmetterlinge mit ihren feinen, pudrigen Flügeln flattern, nimmt das Schicksal seinen Lauf. Neue Wege öffnen sich und andere Seelen schließen sich der Reise an. Manche nur für kurze Zeit, während andere für immer bleiben und das Herz, das sie erobert haben, niemals mehr verlassen. Ihr zartes Wesen und ihre aufrichtige Liebe gleichen Schmetterlingsflügeln: von überwältigender Schönheit, ein Wunder der Natur und in hohem Maße verletzlich.

Als die Schmetterlinge mit ihren pudrigen Flügeln flattern, schweben Hoffnungen und Träume der Pimientos de Padrón herab und legen sich sanft auf die Generation der Zukunft, so wie Puderzucker auf eine Torte.

Unser Karma in einem Regenbogen aus Licht   11

Der Nachthimmel schimmert durch das trübe Glas der Luken im Laderaum. Die ersten Sterne stehen am Himmel, aber es ist unmöglich, sie zu betrachten. Es scheint, als schössen sie über den Himmel. Doch in Wirklichkeit bewegt sich die Luke auf und ab. In der ersten Nacht der Pfefferschoten an Bord zeigt sich das Meer nicht von seiner besten Seite. Das Schiff ist in Schlechtwetter gesegelt.

„Uhh, es wird nicht besser. Es wird ständig schlimmer. Ich fühle mich furchtbar", klagt Flavio und schlingt seine Arme um sich.

„Geh hinüber auf die Seite. Das habe ich dir doch schon gesagt", befiehlt Marple, aber Flavio ist nur mit sich selbst beschäftigt und ignoriert sie. Die andere seekranke Pfefferschote klammert sich an die hölzernen Grifflöcher der Kiste und sieht nicht gut aus.

„Wäre ich nicht von Natur aus grün, wäre ich es spätestens jetzt", grummelt Flavio.

„Flavio, es tut mir wirklich leid, dass ich dir nicht helfen kann. Ich würde mich jedoch wohler fühlen, wenn du etwas von mir abrücken könntest, nur ein klein wenig. Nur für die Nacht", bittet Kim.

„Ihr seid alle Monster. Ihr denkt nur an euer eigenes Wohl. Und was ist mit mir, eurem Paten? Wie hätte es euch gefallen, wenn ich euch im Stich gelassen hätte, als ihr da draußen in der brennenden Sonne gestanden habt und dieser stinkende Hund mit seiner Nase unsere Kiste durchwühlt hat? Ich habe euch alle beschützt. Jawohl, das habe ich, und so dankt ihr es mir? Dauernd dieses Zetern. Warum massiert mir nicht mal einer von euch den Rücken?", schmollt Flavio. Draußen zieht ein Sturm auf und peitscht Wasser gegen den Bug des Schiffs. Ihre Kiste neigt sich gefährlich zur Seite, quer über den Boden des Laderaums rollen ein paar unbefestigte Gegenstände und krachen gegen die Holzwände.

„Ahhh, ich kann mich nicht mehr halten", kreischen ein paar Pfefferschoten und purzeln hinunter auf die andere Seite der Kiste, die sich gerade weit unter ihnen befindet, und zerdrücken andere Pfefferschoten unter sich.

„Haltet euch aneinander fest! Macht eine Kette", ruft Marple und streckt sich hinüber zu Apollo und einer anderen Pfefferschote. Manche folgen ihrem Rat, aber die meisten sind zu ängstlich, um sich zu bewegen.

„Kim, nimm meine Hand", ruft Flavio seiner Seelenschwester verärgert zu. „Ich weiß nicht, vielleicht ist es besser, wenn du etwas rüberrollst. Dann bist du näher am Rand. Du weißt schon, falls dir übel wird", sagt sie zappelnd und verunsichert, was sie tun soll.

„Du hast keine Wahl! Nimm meine Hand!", schreit Flavio sie an und wird rot.

„Okay, okay, beruhige dich. Du musst dich nicht gleich so aufregen", gehorcht Kim, während sie ihm eine Hand hinstreckt und sich mit der anderen an Winston klammert.

Von der anderen Seite wird nun noch mehr Wasser gegen den Schiffsrumpf gepeitscht, und ihre Kiste rutscht in die andere Richtung.

Sie hören, wie ein Stockwerk höher schwere Stiefel über den Boden rennen. Die Crew ist in Action, etwas geht vor sich.

„Vielleicht ist es nur ein kleines Schlechtwettertief. Bald ist alles vorüber", versucht Marple alle zu beruhigen. Diesmal werden noch mehr Pfefferschoten auf die andere Seite der Kiste geschleudert, sie treffen dabei die seekranke Pfefferschote. Das Schaukelspiel geht weiter und legt an Tempo zu. Rhythmisch schwanken sie hin und her. Durch die Luken schießen die Sterne am Himmel auf und ab und jeder Stern zieht einen Schweif aus Licht hinter sich her. Hin und wieder trommeln die kalten Finger des Wassers gegen das Glas und lassen aggressiv aussehende Wasserspritzer zurück, die sich in der nächsten Minute in kleine Wasserpfützen auflösen und zur anderen Fensterseite fließen. Es fühlt sich an, als spielten zwei Seeungeheuer eine Partie Wassertennis, mit dem Schiff als springendem Filzball.

Von irgendwo dringt Wasser in den Laderaum und plätschert die Seiten entlang. Als sie das nächste Mal auf die andere Seite geworfen werden, spritzt das gurgelnde Salzwasser in die Höhe und durchnässt ihre kleinen Körper.

„Oh, das wird zu viel. Mir ist so schlecht", ruft die seekranke Pfefferschote, drückt sich nach oben und steckt ihren Kopf durch ein Griffloch der Kiste hinaus. Ein tiefer Rülpser entfährt ihren Lippen. Es gelingt ihr gerade noch, etwas Luft zu schnappen, bevor sich ihr Magen entleert. Verzweifelt klammert sich die Pfefferschote seitlich an das Griffloch, als die nächste Welle der Übelkeit sie überkommt und sich alles wiederholt.

Salzwasser spritzt ihr ins Gesicht und wäscht ihr die Magenreste weg. Wie eine ertrinkende Ratte hängt sie ihren Kopf seitlich aus der Kiste und schnappt verzweifelt nach Luft. Ihr Rachen brennt und ein fauliger Geruch steigt ihr in die Nase.

Das Schiff beginnt, sich erneut auf die andere Seite zu neigen. Die seekranke Pfefferschote sieht den Boden auf sich zukommen. Um das Schwindelgefühl unter Kontrolle zu bekommen, schließt sie ihre Augen und schluckt schwer. Ungesicherte Pfefferschoten rutschen auf die tiefer liegende Seite der Kiste zu und kreischen, als sie aufeinanderpurzeln.

Eine Kettenreaktion ist nicht mehr aufzuhalten. Alle Pfefferschoten bewegen sich synchron mit dem Schiff. Eine lose Pfefferschote stößt eine zweite an, bis schließlich die letzte in der Reihe der seekranken Pfefferschote, die ihren Kopf aus der Kiste hängen lässt, einen Stoß versetzt.

Mit einem überraschten Schrei schießt die seekranke Pfefferschote wie eine Kugel aus einem Gewehr aus der Kiste.

„Ogottogott!", quiekt die Unfallverursacherin und birgt ihr Gesicht in den Händen.

„Ich hab es euch gesagt! Ich hab es euch gesagt! Jetzt seht, was passiert ist!", schilt Marple sie erzürnt. „Ihr solltet euch aneinanderhängen", sagt sie und blickt wütend in die Runde.

„Upps, noch eine, die ins Gras beißt", kommentiert Flavio trocken.

„Pass du auf. Du solltest auch da drüben sein", sagt Winston mit zornigem Blick.

„Ha, genau deshalb bin ich nicht dort. Ihr Typen hättet mir womöglich noch extra einen Stoß versetzt", empört sich Flavio.

„Ich hätte das vielleicht tatsächlich getan. Es würde mir in meinem zukünftigen Leben einige Mühe ersparen", schlägt Winston zurück.

„Beruhigt euch! Wir können nichts machen. Sie ist weg. Haltet euch aneinander fest. Wir schaukeln jeden Moment wieder auf die andere Seite", fleht Kim.

Weit unterhalb der aufeinandergestapelten Kisten landet die seekranke Pfefferschote in einer Pfütze Salzwasser, die ihren Sturz beendet. Kaum hat ihr kleiner Körper den Holzboden berührt, bewegt sich das Schiff auf die andere Seite, und sie wird über den Boden gewirbelt. Andere nicht identifizierbare unbefestigte Gegenstände folgen ihr. Gemeinsam krachen sie gegen die Schiffswand.

Weil sie so leicht ist, schafft sie es gerade so, den Kopf über Wasser zu halten und nach Luft zu schnappen. Immer wieder wird sie von einer Ecke in die andere gespült.

Das muss das Ende sein, denkt sie und spürt, wie Mitleid und ein Gefühl der Nutzlosigkeit ihres bloßen Daseins von ihr Besitz ergreifen.

Sie landet in der nächsten Ecke, das Wasser gurgelt und blubbert um sie herum. Etwas saugt und zieht sie in eine

Richtung. Der Lärm des tosenden Wassers ist ohrenbetäubend. Es ist, als würde das Wasser gegen etwas ankämpfen, das es aufsaugen will. Die Übelkeit und der Sturz haben ihr alle Energie geraubt, sie lässt los und akzeptiert alles, was auf sie zukommt. Schlimmer kann es nicht werden, denkt sie.

Wie ein Blatt auf dem Wasser segelt sie auf einen tosenden Strudel zu. Im Bruchteil einer Sekunde wird sie in eine Röhre gesaugt, mehrmals gegen eine Plastikwand geworfen und dann achtlos auf der anderen Seite ausgespuckt.

Die Pfefferschote wird aus dem Schiff geschleudert, direkt der Welle in die Arme. Weißer Schaum bildet sich um sie herum und hüllt sie in ein weiches Kissen aus Luftblasen, die seitlich am Schiff emporsteigen. Eine Sekunde später zieht sich die Welle zurück und ihre gierigen Finger graben sich tief in den Ozean, um neu Kraft zu schöpfen.

Die Pfefferschote wird in der Waschmaschine des Ozeans umhergeschleudert.

Erneut wird sie an die Oberfläche gespuckt und gegen das Schiff geschleudert; Schaum hüllt ihren Körper ein. Die Gewalt des Wassers raubt ihr den letzten Atem. Ihr Körper gibt nach und ihr Kopf hängt schlaff herab, als sie in Bewusstlosigkeit sinkt. Wie ein Kind, das das Interesse an einem Spielzeug verloren hat, lassen die Wellen die Pfefferschote fallen und unter ihre grollende Oberfläche sinken.

Leblos sinkt sie durch das Wasser. Ihre Augen sind geschlossen, ihr Mund entlässt kleine Luftblasen. Alle Gedanken sind fort. Alles ist ruhig und still. Keinerlei Angst engt ihren Geist ein.

Ein plötzlicher Schlag in den Magen weckt sie und schleudert sie brutal zurück in die Realität. Hustend dreht sie sich zu beiden Seiten und kreischt in die Dunkelheit des Wassers.

Salzige Flüssigkeit dringt ihr in Mund und Lunge. Das Echo ihres Schreis wird von den Mauern ihres Geistes reflektiert, ohne dass ein Laut ihren Körper verlässt. Das kompakte Wasser erstickt jedes Geräusch. Eine Kreatur in Tarnfarben schwimmt von ihr weg in die blaue Tiefe. Die ruhigen Bewegungen des Fisches wirken mühelos. Jede seitliche Bewegung seines Schwanzes verursacht einen sanften Strom, durch den sie sich um ihre eigene Achse dreht.

In einem Wirbel aus dunklem Blau trüben kleine Blasen ihren Blick. Das eindringende Salzwasser versetzt sie in ihrem Todeskampf wieder in Bewusstlosigkeit. Ihr Körper verliert an Spannung und ihre kleinen Arme baumeln ins Unbekannte, während sie langsam tiefer und tiefer in den Ozean hinabschaukelt. Mit jedem Zentimeter ihrer Reise wird das Wasser dichter, werden die Farben dunkler.

Die scheinbar leblose Pfefferschote zieht die Aufmerksamkeit eines Fischschwarms auf sich. Vorsichtig schwimmen die Fische um das eigenartige Gemüse herum und stupsen es hin und wieder mit den Schwänzen an. Ein Fisch riskiert es, an ihrem Finger zu knabbern. Die anderen folgen seinem Beispiel, sie möchten keinen Leckerbissen verpassen. Das Kitzeln erweckt die Pfefferschote wieder zum Leben.

Flache, runde Augen starren sie erschrocken an. Ein Paar weiche, dicke Lippen saugen an ihrem Handrücken. Sie kann spüren, wie kleine, scharfe Zähne an ihrer schimmernden Hülle kratzen. Es ist ein Kitzeln, das allmählich etwas zu weit geht. Verärgert schüttelt die Pfefferschote ihre Hand und stößt den vorlauten Fisch weg. Sofort macht der überraschte Schwarm einen Satz nach hinten. Die Fische haben nicht damit gerechnet, dass das Gemüse lebendig wird. Doch die Neugier überwältigt sie, und fast unbemerkt schließen sich ihre Reihen um wieder um die Schote herum.

„He, Schluss jetzt! Ich bin nicht euer Abendessen!", ruft die Pfefferschote ihnen mit erhobenem Zeigefinger zu. Ihre Stimme ist tief und ihre Worte stockend. Aber sie verfehlen ihre Wirkung nicht. Der Schwarm schreckt erneut zurück. Unsicher, ob sie weiterziehen oder bleiben sollen, bringen die Fische etwas Distanz zwischen sich und die Schote.

„Ich meine es ernst! Macht euch vom Acker!", warnt die Pfefferschote, stemmt ihre Hände in ihre Hüften und versucht, wütend und stark auszusehen. Amüsiert über ihre tiefe Stimme, brüllt sie noch ein paar Warnungen und kichert in sich hinein.

Der Fischschwarm beschließt, kein Risiko einzugehen, dreht sich um und entschwindet in die Dunkelheit.

Allein gelassen lehnt sich die Pfefferschote zurück auf ein unsichtbares Wasserkissen und starrt in das dunkelblaue Wasser. Sie weiß nicht, ob sie noch weiter sinkt. Doch es muss so sein, das Dunkelblau verwandelt sich in Pechschwarz. In Zeitlupe zieht sie die Hand durch das Wasser. Glitzernde

Perlen folgen ihrem Arm. Ein Regenbogen des Lichts ruft in ihr Verwunderung und Dankbarkeit für das Wunder des Lebens hervor.

Trunken von der Tiefsee sinkt die Pfefferschote durch Schichten von Wasser ins Unbekannte. Fasziniert von der Empfindung wedelt sie mit ihren Armen hin und her und starrt mit aufgerissenen Augen und offenem Mund auf den selbsterzeugten Meteorschauer, der ihren Armen folgt.

Benommen von der Schönheit und dem steigenden Wasserdruck wirft sie ihren Kopf in den Nacken und lacht hysterisch. In der Zeitlosigkeit des Seins reist sie durch einen friedlichen Raum. Nur ihr Gelächter hallt in ihrem Geist wider.

Nach vielleicht Stunden im Delirium verlorener Zeit berührt ihr Rücken weichen Sand. Sanft taumelt ihr Körper auf den Grund des Ozeans. Um sie herum ist es pechschwarz.

„Ah, ich habe mein Ziel erreicht", kichert die Pfefferschote und streichelt das Kissen unter sich. Feiner, pudriger Sand steigt auf und kitzelt sie in der Nase. Sonst verändert sich nichts, nichts geschieht.

Die Pfefferschote ruht schweigend auf dem Rücken. War das alles?, fragt sie sich und versucht, sich auf die Seite zu drehen. Der Wasserdruck erschwert es ihr, sich zu bewegen. Sie drückt ihre kleinen Füße in den Sand und kämpft sich auf den Bauch. Der puderweiche Sand steigt auf, direkt in ihre Nase und lässt sie husten und niesen. Plötzlich setzt sich der Boden unter ihr in Bewegung.

„Wahnsinn, ich bin auf einem fliegenden Teppich", juchzt die Pfefferschote.

Ein Schlag schleudert sie in die Höhe. Unsanft landet sie wieder auf dem Boden.

„Uff!", jammert sie. „Was war das?", ruft sie in die Dunkelheit. Es kommt keine Antwort, nur ihre eigene Stimme hallt in ihrem Kopf wider.

Aber sie ist nicht allein. Von hinten starrt ein Paar dunkler Augen sie an. Eine scharfe, präzise Bewegung besiegelt ihr Karma.

Die versunkene Pfefferschote ist dahin.

Ein paar glitzernde Perlen schießen durch das Wasser wie Sternschnuppen, sinken herab und lösen sich auf, als sie den Sand berühren. Nichts könnte bezeugen, dass die Pfefferschote je hier war. Kein Beweis, dass ein Pimiento de Pádron je in eine solche Tiefe vorgedrungen ist.

Auf den ersten Blick hat diesen einen Pimiento de Pádron ein weniger günstiges Karma getroffen. Wurden seine Hoffnungen und Träume nicht erfüllt?

Wird sich seine Reise auf dem Grund des Ozeans fortsetzen, bis an einen Ort, den kein Pimiento de Pádron je gesehen hat?

Neue Perspektiven und Möglichkeiten eröffnen sich. Eine Seele im Tal der Hoffnungen und Träume der Pimientos de Pádron wird mit neuen Eindrücken und Wissen gefüttert, das mit zukünftigen Generationen geteilt wird.

*****

Die Morgensonne scheint durch die trüben Bullaugen in den Laderaum. Das Schiff ist in ruhigere Gewässer gesegelt. Alles ist still. Oben schnarcht friedlich die Schiffscrew. Es war ein langer nächtlicher Kampf gegen den Sturm. Unten im Laderaum gurgeln die Pumpen, saugen die letzten Reste Salzwasser an und befördern sie ins Meer zurück.

Durcheinandergewürfelt ruhen die Pfefferschoten in ihrer Holzkiste, Kopf an Fuß und Fuß an Kopf. Schwaches Schnaufen zeugt davon, dass sie überlebt haben. Nun reisen sie ruhig ihrem Ziel entgegen.

„Hm, Apollo, ist das dein Zeh, der da in meiner Nase steckt?", beschwert sich Marple und ringt nach Luft. Niemand rührt sich.

„Uff, wem auch immer er gehört, der bewege sich!", befiehlt Marple scharf und merkt, wie Ärger sie überkommt. Immer noch rührt sich niemand. Marple holt mit ihrem Arm aus und schlägt auf den Fuß in ihrem Gesicht, sodass Apollo aufschreit.

„Autsch, Marple! Warum tust du das?", ruft Apollo.

„Glaubst du, es ist lustig, deinen stinkenden Fuß in meiner Nase stecken zu haben? Ich habe dir gesagt, dass du dich bewegen sollst", verteidigt sich Marple in scharfem Ton.

„Ich brauche viel Schlaf. Es war eine lange Nacht, und als wäre das noch nicht genug, setzt du noch einen drauf und weckst uns früh. Du hättest vorsichtig zur Seite rutschen können", murrt Apollo, dreht sich um und zieht die Knie zur Brust.

„Du bist solch ein Baby. Wach auf und freu dich lieber. Wir landen bald", strahlt Marple.

„Ich weiß nicht. Ich glaube nicht, dass wir uns unserer Sache schon sicher sein können. Sieh dir an, was dieser armen seekranken Pfefferschote zugestoßen ist. Dasselbe könnte jederzeit auch uns passieren", zittert Apollo. Ihm ist überhaupt nicht danach zumute, sich zu freuen.

„Du weißt nicht, was mit ihr geschehen ist. Vielleicht ist es für sie in Ordnung", sagt Marple und versucht, der Unterhaltung eine leichtere Richtung zu geben.

„Glaubst du?", fragt Apollo ruhig und reibt sich die Schienbeine. „Ich wünschte, es wäre wärmer", jammert er.

„Ja, ich glaube, es geht ihr gut", lächelt Marple. „Also was, denkst du, ist ihr zugestoßen, nachdem sie aus der Kiste gefallen ist?", fragt Apollo.

„Hmm, wenn ich mir die Wasserpumpe anhöre, denke ich, dass sie nicht mehr auf dem Schiff ist." Kundig hebt Marple eine Augenbraue. „Wirklich!" Apollo ringt nach Luft. Er hat die Motorengeräusche gehört, konnte sie aber nicht zuordnen. Die Ereignisse haben ihn zu sehr beschäftigt, um über den Lärm nachzudenken.

„Also, wo ist sie jetzt?", fragt er.

„Nun, irgendwo im Meer, offensichtlich", antwortet Marple, ein wenig gereizt wegen der Frage. „O ja, im Meer, natürlich", wiederholt Apollo und tut so, als würde er etwas von seinem Bein wegrubbeln.

„Also, was macht sie im Meer?", fragt Apollo unbefangen.

„Mit Delfinen schwimmen", schlägt Kim vor. „Mit Delfinen schwimmen! Das gefällt mir." Apollos Blick wird ganz verträumt und seine Augen glänzen.

„Pfff, mit Delphinen schwimmen. Also wirklich! Sie ist untergegangen wie ein Stein", lacht Flavio böse. „Sie baut Sandburgen auf dem Meeresgrund. Seid mal realistisch", fügt er mit einem tiefen Glucksen hinzu.

„Da wäre ich mir nicht so sicher! Meine Seele sagt mir etwas anderes. Sie ist einen anderen Weg gegangen, das ist alles", sagt Marple zu Flavio.

„Apollo, wir zwei können uns für die Delfinversion entscheiden. Das gefällt mir. Es ist so romantisch", lächelt Kim und blickt durch ihre dichten Wimpern zu Winston auf. Winston grinst stolz auf sie hinab.

„Ich glaube, dass etwas sehr Ähnliches passiert ist. Ihr seid nah dran", sagt Marple und verdreht beim Anblick der beiden Verliebten die Augen.

„Also, was, glaubst du, ist passiert, Marple?", fragt Apollo.

„Nun, es war ein schlimmer Sturm. Sie musste durch einige Schichten Wasser hindurch, um in ruhigere Gewässer vorzudringen. Und nun, glaube ich, ist sie ein Meereslebewesen geworden. Stell dir vor, wie viel Raum und Tiefe sie nun umgibt. Sie kann die Welt im Wasser bereisen. Der Umweg, den sie gewählt hat, ist gar nicht so übel, denke ich", lächelt sie.

„Der Umweg", wiederholt Apollo. „Glaubst du, noch mehr von uns müssen einen machen?", fragt er.

„Wer weiß? Wir haben unsere schützende Heimat weit hinter uns gelassen. So viel Unerwartetes kann noch passieren. Aber wir sind nah. Ich kann es in meinen Knochen spüren", versichert Marple.

„So geschützt waren wir in unserer Heimat auch nicht, meine Liebe. Denk an das Feuer", erinnert Winston sie.

„Ja, du hast recht. Das Feuer. Die arme alte Eiche. Aber dennoch, Bauer Gonzales war da und hat uns vor Schlimmerem bewahrt", erinnert Marple ihn.

„Ich weiß, was du meinst, Marple. Wir brauchen keine Angst zu haben. Es hat alles auch sein Gutes." Apollo schenkt ihnen ein breites Lächeln. Alle Pfefferschoten nicken und erwidern bewundernd Apollos Lächeln.

Am Tag nach dem Sturm bleibt es ruhig. An Bord verbreitet sich eine Stimmung der Dankbarkeit und Versöhnung. Die Hoffnungen und Träume werden nicht aus Furcht begraben. Alles ist im Wandel und manche Wege nehmen neue Wendungen. Nichts ist in Stein gemeißelt. Von manchen Träumen muss man sich verabschieden, um neuen die Tür zu öffnen.

Während sich die Pfefferschoten ausruhen, lenkt die schützende Hand des Landes der Hoffnungen und Träume der Pimientos de Padrón ihre Reise.

Ankommen und Erinnern 12

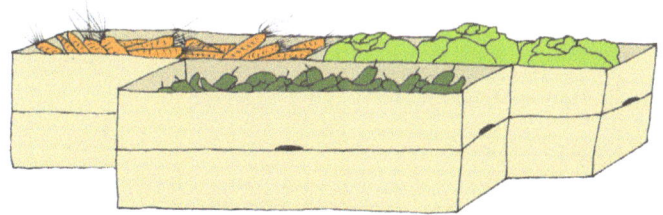

Der Tag ihrer Ankunft beginnt sehr, sehr früh. Noch vor Sonnenaufgang legt das Schiff an. Eine dünne Nebelschicht liegt ruhig über der Wasseroberfläche und umschwebt magisch den Bug des Schiffes. Das Land befindet sich offiziell noch mitten in der Sommerzeit, doch der Wendepunkt ist bereits erreicht, und die Tage werden wieder kürzer. Es ist ein mystischer Moment der Stille, in friedlicher Erwartung des erwachenden Tages.

Marple ist als Erste wach. Ihre starke innere Verbindung zu ihrer Seele der KLARHEIT ermöglicht ihr zu wissen, was geschehen ist. Obwohl sie im dunklen Laderaum des Schiffes eingeschlossen ist, weiß sie mit Gewissheit, dass sie angekommen sind. Ihre Reise nähert sich ihrer letzten Runde.

„Apollo!", sagt sie und rüttelt ihn sanft. „Wach auf! Das Schiff hat angelegt. Wir sind angekommen", flüstert sie aufgeregt mit betörend großen Augen.

„Oh, Marple es war alles so friedlich. Warum weckst du mich? Es ist noch dunkel", grummelt Apollo und dreht sich auf die andere Seite.

„Na los, reib dir die Augen. Mach dich bereit! Sie werden uns bald ausladen. Das ist so aufregend!", quiekt sie glücklich.

„Was ist das für ein Lärm, Marple?", fragt Winston und streckt sich.

„Wir sind im guten alten England angekommen. Unserem zukünftigen Zuhause. Ich kann es spüren. Habt ihr nicht bemerkt, dass das Schiff nicht mehr fährt? Wir stehen still", erklärt Marple klug.

„Wir sind angekommen! O Gott, ich muss mich hübsch machen", kreischt Kim, plötzlich hellwach und zappelig.

„Du siehst gut aus, keine Sorge", erwidert Winston sanft.

„Du machst Witze! Nachdem ich all diese Tage in diesem Kühlschrank zugebracht habe, komplett durchgeschüttelt und von allen möglichen Körperteilen getreten und geboxt wurde. Ich kann gar nicht gut aussehen! Und überhaupt, gut ist nicht gut genug. Ich muss strahlen! Dies ist schließlich das Ziel unserer Reise", protestiert Kim, während sie ihr Haar nervös mit ihren Fingern kämmt.

„Ich bin so froh, dass ich meine Farbe rechtzeitig zurückbekommen habe. Stellt euch vor, das Meer wäre so stürmisch geblieben. Wer hätte eine blasse Pfefferschote gekauft? Stellt euch vor, ihr kommt an euer Ziel, und dann isst euch keiner", knurrt Flavio.

„Wer hätte gedacht, dass Pimientos de Padrón seekrank werden können", kichert Winston in Erinnerung an Flavios bleiches Gesicht und seine sorgenvollen Falten.

„Glaubt ihr, wir erinnern uns an all das, nachdem wir gegessen wurden? Ich würde dich zu gern damit aufziehen, wenn ich dich gefangen habe", neckt Winston.

„Glaubt ihr, wir werden uns nicht aneinander erinnern, wenn unser Traum sich erfüllt hat?", fragt Apollo. „Hm, das ist eine gute Frage." Marple legt ihre Stirn in Falten.

„Also, was denkst du?", beharrt Apollo. „Nun, wenn ich den Prozess durchdenke, so treten wir in ein neues Leben ein. In einen neuen Körper mit so viel mehr Möglichkeiten. Ich denke, wir werden von all dem einfach überwältigt sein. Aber wir werden die erforderlichen Voraussetzungen haben, um uns zu erinnern und tief in unsere Seele vorzudringen. Ich denke, wir werden eine Verbindung spüren, aber es wird schwierig sein, sie einzuordnen, da wir mit neuen Dingen und Eindrücken so beschäftigt sein werden."

„Ich brauche mich nicht zu erinnern. Mir wird es ohne euch alle gut gehen. Tut mir echt leid, aber mein Leben wird vollauf erfüllt sein. Keine Zeit oder Bedürfnis, nach innen zu blicken und mich an dies hier zu erinnern. Warum sollte ich?" Flavio gestikuliert wild.

„Ach, komm! Sei nicht so oberflächlich. Natürlich wirst du dich an mich erinnern", schnurrt Kim.

„Normalerweise, ja. Eine Seele von WUNDERVOLLEM-ICH werde ich auch aus meilenweiter Entfernung noch entdecken. Aber du hast dich in letzter Zeit in eine seltsame Richtung entwickelt. Ich bin mir nicht sicher, ob es eine gute Idee ist, in Kontakt zu bleiben. Du bist für meinen Geschmack von zu viel KLARHEIT umgeben", erwidert Flavio geradeheraus.

„Warum sagst du das? Du bist so grausam! Wir sind von derselben Seele, desselben Samens Traum. Wir, Flavio, werden niemals weit voneinander entfernt sein, ob es dir gefällt oder nicht. Ein Nein werde ich als Antwort nicht hinnehmen", schmollt Kim. „Wie auch immer, ich habe keine Zeit, mit dir zu diskutieren", fügt sie hinzu, dreht sich weg und streicht eifrig ihre Haut und ihr Haar glatt. Flavio verdreht nur die Augen. „Frauen!", murmelt er zwischen seinen Zähnen.

„Marple, ich werde immer mit dir in Verbindung bleiben", flüstert Apollo, zu ihr aufblickend. „Was denkst du werden all diese neuen Dinge sein, die uns so sehr beschäftigen werden?", fügt er hinzu und spürt, wie er ganz aufgeregt wird.

„Weißt du, Menschen sind sehr stark abgelenkt durch alles, was sich um sie herum abspielt. Tonnen von Dingen stehen ihrer Vision vom wahren Leben im Weg", erklärt Marple mit gerunzelter Stirn.

„O ja, elektronische Spielzeuge. Ich habe alles darüber gelernt", wirft Winston ein. „Ich will eines dieser Telefone mit Flachbildschirm, die du allein mit deiner Fingerspitze bedienen kannst. Superschick und smart! Stell dir vor, Apollo, du kannst was immer du willst mittels einer elektronischen Landkarte auf deinem Mobilgerät aufspüren", zwinkert Winston ihm zu.

„O ja, ich werde so eins gebrauchen können, damit es mich in meiner Flugmaschine durch die Lüfte leitet, oder über das Wasser, in meinem Luftkissenboot. Gibt es auch größere? Ich glaube, ich brauche ein größeres, weil meine Reisen recht holprig sein könnten. Der Ozean ist kein

Spielplatz, wie wir gelernt haben", kommentiert Apollo und denkt an die stürmische Nacht, die sie erlebt haben.

„Sie heißen Tablets. Du besorgst dir einfach ein Tablet und hast alles, was du brauchst. Wenn du dich dazu entschließt, der Pilot meines Privatjets zu werden, werde ich mich darum kümmern, dass du eines an Bord hast", sagt Flavio mit großzügiger Geste.

„Also wirst du dich an mich erinnern!", juchzt Apollo aufgeregt.

Einen solchen Kommentar hatte Flavio nicht erwartet. „Nein, natürlich nicht. Es wird zur Standardausrüstung an Bord meines Jets gehören. Das Neueste vom Neuen. Im Jet von WUNDERVOLLEM-ICH wird keine elektronische Finesse fehlen", erwidert Flavio grob nach einigen Sekunden. Flavio wäre nicht Flavio, wenn er keine nüchterne Antwort auf Lager hätte.

„Ich weiß nicht, ich glaube, du wirst dich an mich erinnern", meint Apollo offenherzig und lässt sich das Glück, das er verspürt, von Flavio nicht nehmen.

„Ich werde auch ein Telefon mit Flachbildschirm haben. Ich habe gehört, dass man auf einen Knopf drückt, und der Bildschirm des Geräts verwandelt sich in einen Spiegel. Genau, was ein Mädchen von Welt braucht. Gott, ich wünschte, ich hätte eines hier", seufzt Kim.

„Wie auch immer, Apollo, diese Dinge und viele andere trüben den Menschen den Blick. Deshalb musst du mit solchen Sachen vorsichtig sein. Es gibt zu viele Verknüpfungen mit allem Möglichen. Das meiste davon braucht man nicht.

Denk einfach daran", sagt Marple und blickt ihn ernst an, „dass wir alle schon mit der Erde verbunden sind, ohne all das Zeug, und es funktioniert prima", setzt sie hinzu.

„Manche mehr, manche weniger. Du bist Apollos Telefon mit Flachbildschirm, sehen wir der Tatsache doch mal ins Auge. Er wird eines dieser Dinge benötigen, sobald er als Mensch wieder auf der Erde ist und dich nicht hat", lacht Flavio.

„Nein, wird er nicht! Er kann, aber er muss nicht. Das habe ich ihn auf unserer Reise gelehrt. Apollo wird klarkommen und auf eigenen Beinen stehen. Er muss nur achtgeben, wenn er Leute wie dich reden hört", antwortet Marple scharf und wendet sich Apollo mit einem Ausdruck von „Hast du gehört?" zu.

„Keine Sorge, Marple. Ich bin eine Seele von UNSCHULD. Ich höre mir alles an, nehme viele Eindrücke auf und bin offen fürs Lernen und für Erfahrungen. Deshalb drehe ich manchmal eine Extrarunde. Aber mein Grundvertrauen wird mich immer auf den rechten Weg führen. Ich weiß, dass ich mich an euch alle erinnern werde. Ich freue mich auf jenen Moment der Erinnerung." Apollo lächelt glücklich. Keine der Pfefferschoten kann leugnen, dass sie bei Apollos Worten im Innern ein Gefühl der Freude verspürt.

Ihr Moment des Schweigens wird beendet, als die Türen zum Laderaum auffliegen. Lichter gehen an, schwere Stiefel marschieren herein und eine tiefe Stimme gibt den Arbeitern in strengem Ton Befehle, während der dazugehörige Mann auf die Kisten deutet. Gleich im ganzen Stapel werden sie hochgehoben und von kräftigen Männern aus dem Frachtraum getragen.

Die Pimientos de Padrón warten darauf, dass sie an der Reihe sind, halten einander an den Händen und beobachten, wie die anderen Gemüsesorten den Raum verlassen. Babysalat und Karotten werden hinaus an die frische Luft getragen. Ihr Stapel kommt als Nächstes dran.

Ein Arbeiter in einem verschmutzten weißen T-Shirt nähert sich den Kisten mit den Pimientos de Padrón und hebt die obersten fünf hoch. Er atmet schwer und dünstet einen Geruch nach Kaffee und Tabak aus, während er sie nach oben trägt. Seine Haut ist fettig und riecht nach Motorenöl und Schweiß.

Kim kneift die Augen zusammen und legt die Hände über ihr Näschen. „Luft! Luft! Ich brauche Luft", stöhnt sie, während Marple in aller Ruhe die Stufen zählt, die der Arbeiter hinaufklettert.

Nachdem sie den Eingang zum Laderaum erreicht haben, werden sie schnell durch einen schmalen Gang getragen, weitere Stufen hinauf und dann hinaus an die frische, salzige Luft. Die Sonne lugt gerade über den Horizont und bringt den Hafen zur Begrüßung mit ersten goldenen Strahlen zum Leuchten. Eine leichte Brise weht durch die ankernden Schiffe und heißt die Pimientos de Padrón mit jungfräulicher Meeresluft willkommen. Es überkommt sie ein Schwall von Kindheitserinnerungen an die Zeit, als sie entlang der Pfade der Hoffnungen und Träume hingen und

Leben & Träume der Pimientos de Padrón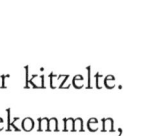

spürten, wie die frische Luft ihre kleinen Körper kitzelte. Und nun ist so viel geschehen, sind sie so weit gekommen, haben sie so viele Erfahrungen gemacht, Freunde und Begleiter verloren. Ihre Hoffnungen und Träume scheinen nur einen kleinen Schritt entfernt, fast greifbar, eine sich aufdrängende Ahnung, die sich noch nicht ganz offenbart hat.

Ihr Stapel wird mit einem Rumms auf einer Holzpalette abgestellt. Der Arbeiter mit dem schmutzigen weißen T-Shirt eilt zurück ins Schiff. Andere Kisten werden rechts und links von ihnen gestapelt.

„Ui, jetzt im Morgenlicht kann ich euch endlich sehen", ruft ein grüner Baby-Kopfsalat zu ihrer Kiste herüber. Die Pimientos de Padrón blicken einander überrascht an.

„Was war das? Hat jemand etwas gesagt?", fragt Marple die Pfefferschoten schließlich leicht verwirrt.

„Ich habe etwas gesagt. Ich habe gesagt, dass ich euch endlich sehen kann, Frau Nachbarin", kichert der Kopfsalat. „Hab mich gefragt, wer neben uns ist", spricht der Kopfsalat weiter.

„Redet das grüne Elefantenohr mit uns?", fragt Flavio und rümpft seine Nase.

„Oh, guter Witz. Du kennst Elefanten, nicht wahr?", erwidert der Kopfsalat mit einer Stimme, die nicht beleidigt klingt.

„Ich weiß, dass es sie in mehreren Ländern gibt. In dieser Gegend leben sie in Zoos und fressen gern Kopfsalat. Vielleicht lernst du sie bald näher kennen", amüsiert sich Flavio.

„Flavio! Was soll das? Du bist grundlos gemein."

„Was ist los? Ein bisschen mit dem schlaffen Grünzeug zu scherzen, schadet nichts", grinst er.

„Wir sind nicht schlaff. Zumindest noch nicht", korrigiert der Kopfsalat Flavio. „Na, ihr seid nicht weit davon entfernt. Wartet nur, bis jemand euch im Gemüsefach seines Kühlschranks vergisst", lacht Flavio. „Warum sollte mich jemand im Kühlschrank vergessen? Und überhaupt, wenn ich vergessen werden kann, kann dir dasselbe passieren. Du glaubst doch nicht, du würdest ewig in einer Kühlkiste leben, oder?", erwidert der Kopfsalat.

„Es ist sehr unwahrscheinlich, dass eine Delikatesse wie ich irgendwo hinten im Kühlschrank vergessen wird. Und sollte unerklärlicherweise dennoch das Unmögliche eintreten, gibt es trotzdem keinen Grund zur Sorge. Wir bleiben lange frisch. Kein Stress, welcher Art auch immer", erklärt Flavio mit keckem Grinsen.

„Seekrankes Bürschchen, du. Ich wäre mir dessen nicht so sicher. Ich habe gesehen, wie schnell sich deine Farbe verändert", mischt sich ein leuchtend orangefarbenes Gemüse aus der Kiste vor ihnen in ihre Unterhaltung ein.

„Wovon redest du?", bellt Flavio das spitze Gemüse an.

„Ha, wir sehen im Dunkeln sehr gut. Wir haben unser gesamtes Wachstum im Boden verbracht und können deshalb in der Dunkelheit gut sehen. Wir haben dich beobachtet, mein Freund. Du bist die jammernde Pfefferschote, die sich wie ein Baby über den Boden gerollt hat. Du brauchst dir also gar nichts einzubilden, nur weil du dich jetzt auf

Leben & Träume der Pimientos de Padrón

sicherem Boden befindest. Wir wissen Bescheid!", grinst das spitz zulaufende Gemüse.

„Marple, was sind das für welche? Sieh sie dir an, ihre Farbe ist wunderbar", sagt Apollo bewundernd.

„Oh, Entschuldigung, wir haben uns nicht vorgestellt. Wir sind Karotten", sagt die Karotte höflich.

„Offensichtlich. Du und das grüne Elefantenohr, ihr werdet zusammen einen guten Salat ergeben", kontert Flavio ein wenig hitzig.

„Es tut mir wirklich leid! Wir sind nicht alle so unhöflich", entschuldigt sich Marple. „Wir sind Pimientos de Padrón, aus dem Tal der Hoffnungen und Träume", setzt sie stolz hinzu.

„Ach komm, Marple, du verschwendest unsere Zeit. Wir müssen uns nicht mit den anderen unterhalten. Wozu? Wir werden nicht auf demselben Teller landen. Wir sind ein eigenes Gericht", beschwert sich Flavio.

„Na und? Das heißt doch nicht, dass wir nicht nett zu sein brauchen. Und überhaupt, du bist es doch, der dauernd mit ihnen redet." Marple blickt ihn an und verdreht die Augen.

„Ich kann mich nur entschuldigen. Er ist eine Seele des WUNDERVOLLEN-ICHs. Was soll ich da noch sagen?", lächelt Marple entschuldigend, um Flavios Verhalten zu erklären. „Also, was ist euer Ziel?", fragt sie freundlich und versucht, vom heiklen Thema abzulenken.

„Mir wurde gesagt, dass wir für den Borough Market in der Stadtmitte von London bestimmt sind", antwortet die

Karotte höflich. „Das heißt, wenn einer der Händler heute in der Großmarkthalle dort drüben für uns bietet", sagt die Karotte und zeigt auf ein großes Gebäude auf der anderen Seite des Hafens.

„Wir zweifeln jedoch nicht daran. Sieh uns an! Wir sind perfekte Karotten von wunderbarer Farbe. Und sogar unseren grünen buschigen Hut hat man uns gelassen. Ist das nicht eine herrliche Farbkombination?", stimmt eine zweite Karotte ein.

„Das seid ihr zweifelsohne. Wir ergeben ein wunderschönes Farbbukett, wenn wir nebeneinander liegen", lächelt Kim und streicht über ihren gut geformten Körper.

„Was passiert mit euch, wenn ein Mensch euch gekauft hat?", fragt Apollo schüchtern.

„Wir werden gewaschen, geschält und dann gegessen", lächelt eine zweite Karotte.

„Autsch, geschält?" Winston macht ein schmerzverzerrtes Gesicht.

„Ja, das ist leider unser Los. Aber von nichts kommt nichts!" Die erste Karotte zieht ein ebenso schmerzverzerrtes Gesicht.

„Wir werden aber nicht immer geschält. Manche essen uns einfach so, wie wir auf diese Welt gekommen sind. Ganz natürlich! Bei uns sind keine giftigen Chemikalien im Spiel. Unsere äußere Schicht enthält viele Vitamine, weißt du", erklärt die zweite Karotte.

„Und was dann?", will Apollo wissen.

„Wir werden Teil des Menschen, der uns isst. Wir sind besonders gut für sein Sehvermögen", strahlt die zweite Karotte.

„Fast genauso wie wir?", kreischt Apollo überrascht.

„Nicht, wenn wir es zuerst schaffen", hebt Flavio hervor. „Deswegen sind wir eine Vorspeise. Wir kommen zuerst!", warnt er sie und erhebt seinen Zeigefinger. „Und wenn ein paar von euch es schaffen, habe ich nichts dagegen, wenn ihr meine Fähigkeit verbessert, nachts zu sehen", ergänzt er mit bohrendem Blick.

Die Schiffsarbeiter kehren mit noch mehr Kisten zurück und stellen weitere Pimientos de Padrón auf ihren Stapel. Die Pfefferschoten stehen wieder im Dunkeln.

Als sie wieder unter sich sind, gibt Marple Flavio einen Tritt.

„Warum fängst du mit Karotten und Kopfsalat Streit an? Das ist dumm! Wir sind eine Delikatesse und sollten uns entsprechend benehmen. Es gibt keinen Grund, unverschämt zu werden. Wir sind keine Konkurrenten", sagt Marple eindringlich.

„Wie immer bist du furchtbar langweilig", grummelt Flavio. „Oh, tut mir leid. Aber ich sehe keine Veranlassung, meine Energie zu verschwenden. Wir sind besser dran, wenn wir uns mit anderen austauschen und voneinander lernen, als wenn wir uns wegen grotesker Pseudo-Fakten streiten. Reg dich ab!", giftet Marple.

„Reg du dich doch erst mal ab!", erwidert Flavio und tritt mit wütendem Blick zurück. „Wenn ich jetzt ein paar Karotten hätte, könnte ich sehen, wo ich dich treten müsste", prahlt Flavio.

Der Motor eines Gabelstaplers unterbricht ihren Streit. Zwei Metallarme gleiten unter die Holzpalette und heben sie sanft hoch. Sie werden herumgewirbelt und schnell über das Hafengelände in das große Lagerhaus auf der anderen Seite gefahren.

„Oh, das ist lustig. Dies ist eine Art Maschine, nicht wahr?", sagt Apollo, der die Fahrt genießt. „Ich weiß, dass wir nicht fliegen, aber es fühlt sich ein wenig so an, weil wir in der Luft sind", strahlt er.

„Ein wenig vielleicht. Aber für den Fahrer ist es nicht so. Das weißt du doch, oder nicht?", fragt Winston vorsichtig.

„O ja, aber trotzdem genieße ich es. Maschinen sind einfach mein Ding", gesteht Apollo und bringt Marple wieder zum Lachen, sodass sie ihren Streit mit Flavio vergisst.

In der Großmarkthalle riecht es nach frischem Fisch und Gemüse. Inmitten des geschäftigen Treibens lädt der Gabelstapler seine Kisten ab, wendet schnell und verlässt die Halle. Durch die Grifflöcher ihrer Kiste können sie sehen, wie Menschen umhereilen und Etiketten auf alle Kisten kleben.

„Die Versteigerung beginnt gleich", bemerkt Marple und reibt sich das Kinn.

„Borough Market, wir kommen", schnurrt Kim und schüttelt ihr Haar. „Borough Market", wiederholt Apollo. „Wir sind auf dem Boden unserer Zukunft angekommen. Wir sind hier! Wir sind zu Hause!", jubelt er.

Während die Pfefferschoten auf die Ankunft der Bieter warten, nehmen sie Londons berühmtesten Gemüsemarkt in ihre Hoffnungen und Träume auf. Hier werden sie ihren zukünftigen Menschen das erste Mal sehen. Still beten sie, dass ihre Träume erfüllt werden und das Schicksal es gut mit ihnen meint.

Die unsichtbare schützende Hand des Landes der Pimientos de Padrón erstreckt sich bis an den Ort, an dem sich alle leidenschaftlichen Meister- und Amateurköche Londons einfinden: auf dem Borough Market der Hoffnungen und Träume der Pimientos de Padrón.

Unser gemeinschaftlicher Geist

13

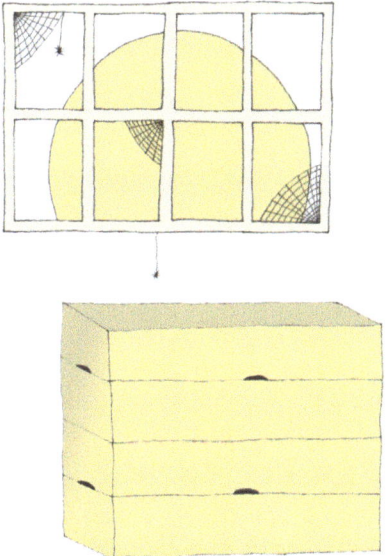

Es ist, als betrachte man einen Film im Zeitraffer. Gabelstapler fahren herein, laden Kisten ab und fahren wieder hinaus. Arbeiter rennen umher, versehen die Fracht mit Etiketten und schieben die schweren Lasten in Position. Klapptische und Stühle werden bereitgestellt. Die Großmarkthalle füllt sich, während sich ihre staubigen Glasfenster im freundlichen Orange der aufgehenden Sonne färben.

Um halb sechs Uhr morgens ist die Großmarkthalle randvoll mit frischen Waren. In einem Moment des Schweigens machen sich die Bieter bereit. Frischer Kaffeeduft aus Thermoskannen erfüllt den Raum und untermalt die Aufregung über das bevorstehende Geschehen.

Draußen fahren die ersten Minivans vor und parken. Ängstlich wegen der bevorstehenden Ereignisse liegen die Pfefferschoten steif und still.

„Marple, was, wenn eine Karotte vor uns gegessen wird? Was dann? Ist dann unsere Chance, ein höheres Lebewesen zu werden, für immer vorbei? Sind meine Träume dann begraben?

„Was meinst du?", flüstert Marple zurück. „Du weißt schon! Was die Karotte vorher gesagt hat. Was, wenn wir gekauft werden und der Mensch wird auf dem Heimweg hungrig und beschließt, eine Karotte zu essen? Ist unsere

Leben & Träume der Pimientos de Padrón

Chance dann für immer vorbei?", wiederholt Apollo seine Ängste und spürt, dass er den Tränen nahe ist.

„O nein, Apollo. Du hast nicht zugehört. Die Karotten werden gebraucht. Sie sind hier für die gute Sehkraft der Menschen. Wir dienen alle verschiedenen Zwecken. Vor und nach unserem Verzehr brauchen die Menschen noch mehr Nahrung, um stark und gesund zu bleiben", sagt Marple und beruhigt ihn.

„Es gibt eine Hierarchie der Nahrungsmittel, weißt du. Wir haben das Glück, ganz oben zu sein – wir sind eine Delikatesse", grinst Flavio.

„Flavio will sagen, dass wir alle unseren spezifischen Daseinsgrund haben, unsere *Raison d'Être*, unser Recht zu leben", fügt Kim hinzu und genießt es, ein paar französische Brocken ins Gespräch zu werfen. „Es sieht aus, als wärest du wieder ganz die Alte, Kim", lächelt Winston stolz. *„Mais oui, bien sûr"*, schnurrt sie und stupst Winston an.

„Jetzt geht das wieder von vorne los", seufzt Marple und verdreht beim Anblick der beiden die Augen. „Du brauchst dir jedenfalls keine Sorgen zu machen, Apollo. Alle Arten von Nahrungsmitteln dienen dazu, den Geist und den Körper der Menschen auf unterschiedliche Art fortzuentwickeln. Wir haben einfach nur großes Glück, dass wir nicht nur Haut, Fleisch und Knochen ernähren. Wir haben einen höheren Zweck", sagt Marple und lächelt ihn an.

„Und was wäre das?", fragt Apollo verwundert.

„Hoffnungen und Träume natürlich. Wir werden Hoffnungen und Träume erfüllen", antwortet Marple mit leicht besorgtem Blick.

„O ja. Ja, Hoffnungen und Träume", wiederholt Apollo ein wenig verunsichert.

„Es liegt wahrscheinlich nur an der frühen Morgenstunde und der Aufregung", kommentiert Winston trocken.

Die ersten Bieter bahnen sich einen Weg durch die Kistenstapel und beginnen, mit den Verkäufern zu verhandeln. Innerhalb weniger Minuten wird es fast unerträglich laut.

Durch die Grifflöcher ihrer Kiste können sie sehen, wie ein Gentleman in einer schicken braunen Cordhose, einer gewachsten Jacke und einem passenden Hut ihr Etikett studiert. Sein rosa-weiß gestreifter Schal ist ordentlich zu einem losen Knoten gebunden. Mit einem silbernen Stift in der Hand geht er durch sein kleines Notizbuch, hält hin und wieder inne und klopft mit der Kugelschreiberspitze auf einen Punkt auf der Liste.

„Ich würde gern eine der Pimientos sehen", bittet er die Verkäuferin, eine junge Frau in einer ausgewaschenen Jeans und einem burgunderfarbenen Sweatshirt. Ihr Haar ist zu einem praktischen Pferdeschwanz gebunden, und sie wärmt ihre Finger an einem Metallbecher mit heißem Kaffee. Sie stellt den Becher auf dem Tisch vor sich ab und wendet sich den gestapelten Kisten zu. Auf Zehenspitzen balancierend streckt sie sich nach einer Pfefferschote.

„Nein, nein. Nicht von ganz oben. Zeigen Sie mir eine aus der Mitte", bittet der Herr im braunen Cord höflich.

„Gut, gern, eine aus der Mitte", wiederholt sie unbeeindruckt. Ihre Hand wandert den Stapel hinunter und kommt vor ihrer Kiste zum Halt. Marple hält den Atem an und zuckt zurück, um der Hand auszuweichen, die durch das Griffloch hereinkommt. Ihre Finger graben sich in die Pfefferschoten und wählen zwei davon aus.

„He!", schreit Flavio wütend. Doch es ist zu spät, und die junge Frau kann seine Stimme sowieso nicht hören. Flavio und eine andere Pfefferschote werden an ihren Stängeln aus der Kiste gezogen.

„Das hat er nun davon, dass er immer ganz vorne dabei sein muss", kommentiert Winston die Szene trocken.

„Winston! Das war Flavio!", protestiert Kim schockiert. „Wie kannst du so grausam sein?", blinzelt sie, den Tränen nahe.

„Oh, keine Sorge. Ich bin sicher, dass er es irgendwie schafft, sich zu retten. Das tut er doch immer", beruhigt Winston sie.

„Was machen die?", fragt Apollo ängstlich; er traut sich nicht, selbst nachzusehen. Vorsichtig lehnt sich Marple näher an die Grifflöcher, um einen Blick zu erhaschen. Die junge Frau übergibt dem elegant gekleideten Mann die beiden wehrlosen Pfefferschoten, der nimmt sie in die Hand und begutachtet sie. Anerkennend betrachtet er sie im Licht. Und dann passiert es. Ohne Vorwarnung oder Zögern bricht er eine der Pfefferschoten in der Mitte durch und untersucht ihr Inneres.

„Aah!", kreischt Marple und zuckt zurück.

„Was ist?", fragt Winston erschreckt, als er Marple auffängt.

„Aah, er hat eine der Pfefferschoten mitten durchgebrochen, einfach so!", keucht sie.

„Was meinst du?", fragt Winston, der kaum glauben kann, was er hört. Er bewegt sich vor, um besser zu sehen.

„O Gott, bitte! Ich fühle mich ganz schwach", schluchzt Kim und wartet darauf, dass Winston ihnen mehr Information liefert.

Und dann sieht er, in voller Größe, die ganze Szene: Der Mann untersucht das Innere einer der Pfefferschoten. Er hält sie an seine Nase und schnüffelt daran.

„Jawoll, sie sehen gut aus! Ich nehme die Kisten", nickt er und lässt die durchgebrochene Pfefferschote zu Boden fallen.

„Lebt Flavio noch?", fragt Kim ängstlich, fast tonlos.

„Ich glaube ja. Die dickere Pfefferschote hält er immer noch in der Hand. Das kann nur Flavio sein", sagt Winston, die Szene vor sich kommentierend.

„Was macht er mit ihm? Will er ihn essen?", fragt Apollo unschuldig.

„Nein! Er wird keine rohe Pfefferschote essen", versichert Marple ihm und schiebt sich wieder ans Griffloch. „Er hält ihn immer noch in der Hand", kommentiert Winston weiter.

Die junge Frau im burgunderfarbenen Sweatshirt zieht einen Notizblock aus der Gesäßtasche ihrer Jeans, legt ein schwarzes Blatt zwischen zwei weiße und schreibt etwas auf.

Währenddessen blickt sich der Mann in der Großmarkthalle um und reibt Flavio wie eine Münze zwischen Daumen und Zeigefinger.

„Er bekommt eine Massage", kichert Winston, ohne Kims vernichtenden Blick zu beachten.

„Hier, bitte", lächelt die junge Frau dem Herrn zu und übergibt ihm ein Blatt Papier. „Würden Sie bitte Ihre Rechnungsadresse einsetzen?", bittet sie ihn höflich. Der Herr blickt sie eine Sekunde lang an, wirft Flavio in die oberste Kiste des Stapels, nimmt das Blatt und legt es auf den Tisch, der zwischen ihnen steht.

„Er hat Flavio in die oberste Kiste geworfen", sagt Marple atemlos. „Bist du sicher? Ist er wirklich wieder in einer Kiste?", ruft Kim und klatscht sich auf die Wangen. „Also, ich weiß nicht, ob er es geschafft hat, aber er ist ganz gewiss in diese Richtung geflogen", sagt Marple blinzelnd.

„Wie ich ihn kenne, ist er bestimmt wieder in einer der Kisten gelandet", sagt Winston, um sie zu beruhigen.

„Glaubst du wirklich?", fragt Kim. „Ja, ich bin sicher! Sonst wäre mein Leben umsonst", lächelt Winston scheu.

„Ich wünschte, er wäre hier", flüstert Kim.

„Ich auch! Ich wünsche mir auch, er wäre hier", schließt sich Apollo ihr entschuldigend an.

„Wir werden uns schnell daran gewöhnen müssen. Unsere Zeit des gemeinsamen Reisens ist bald vorbei. Wir werden alle in verschiedene Richtungen zerstreut. Jeder von uns geht seinen Schicksalsweg", hält Marple ihnen vor Augen und blickt auf ihre Füße hinab.

„Können wir nicht einfach alle in dieselbe Einkaufstüte gehen und von derselben Person gegessen werden? So könnten wir immer zusammenbleiben", fragt Apollo, und Hoffnung schimmert in seinen Augen.

„Wir könnten, Apollo, aber das würde bedeuten, dass wir unsere Träume nicht erfüllen würden, unsere eigene, uns innewohnende Bestimmung. Den Grund, warum wir in diese Welt geboren wurden. Auf lange Sicht würden wir kein vollständiges Glück erleben", erwidert Marple und streichelt ihm die Hand.

„Ich wäre glücklich, mit euch allen zusammenbleiben zu können", schmollt Apollo. „Ich weiß! Mir geht es genauso. Aber unsere Träume sind vollkommen verschieden. Wir wünschen uns völlig verschiedene Dinge für unser zukünftiges Leben. In unserer neuen Umgebung werden wir neue Freunde, Geliebte und, vor allem, Seelenverwandte finden", lächelt Marple.

„Das bedeutet nicht, dass wir uns in unserem neuen Leben nicht treffen und wieder Freunde und Familie sein können", protestiert Apollo. „Nein, das tut es nicht! Da hast du vollkommen recht! Wer weiß, was passiert, wenn wir erst verwandelt sind. Ich habe gehört, dass die Welt ein Dorf ist. Wenn das so ist, dann ist die Möglichkeit, dass wir uns wieder begegnen, sehr hoch", macht Marple ihm Mut.

„Wir werden uns wiedersehen!", beschließt Apollo.

Mit einem Ruck werden ihre Kisten hochgehoben und zum Ausgang des Lagerhauses getragen. Der elegant gekleidete Herr schüttelt der jungen Frau die Hand und

Leben & Träume der Pimientos de Padrón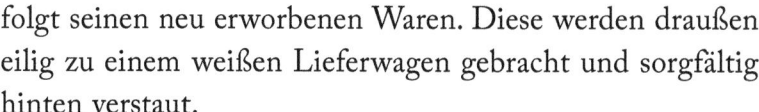

folgt seinen neu erworbenen Waren. Diese werden draußen eilig zu einem weißen Lieferwagen gebracht und sorgfältig hinten verstaut.

Der Motor startet mit leisem Surren und der Wagen braust aus dem Hafen auf eine leere Straße. Die Stadt schläft noch, als sie durch Londons schmale Straßen fahren.

Doch die Pimientos de Padrón sind hellwach. Obwohl sie nicht sehen können, wie die Stadt an ihnen vorüberzieht, wissen sie, dass sie an einem ganz besonderen Ort angekommen sind. An einem Ort mit Charakter und Stil. In einer Stadt, die lebt und atmet und sich nicht einfach in eine Schublade stecken lässt. An einem Tor zur Welt, das ihnen all ihre Träume auf einem Silberteller präsentiert.

Im Tal der Pimientos de Padrón lächelt Mutter Erde glücklich. Sie weiß, dass ihre Pfefferschoten in der Stadt ihrer Träume angekommen sind.

Das Jetzt entdecken 14

Nach einer kurzen Fahrt erreichen sie den Borough Market. Ihre Kisten werden eilig durch Arkaden in den Marktbereich getragen. Die Marktstände sind schon aufgebaut und über das gesamte Gelände verteilt. Standbesitzer eilen hin und her, packen Waren aus und platzieren sie so perfekt wie möglich auf ihren Tischen.

Ihre Kisten werden hinter einem großen Stand in der Mitte des Marktes abgestellt. Große Weidenkörbe stehen in Reih und Glied, manche sind schon mit Kartoffeln, Chilischoten und farbenfrohen, süßen Paprikaschoten gefüllt.

„Henry, Susan!", ruft der elegant gekleidete Herr. Der Mann und die Frau, die geschäftig den großen Stand hergerichtet haben, blicken auf. „Hier, seht! Ich habe frische Pimientos de Padrón mitgebracht. Mit ihrem saftigen Grün werden sie zwischen den roten und gelben Paprika herrlich aussehen", lächelt er.

„Das werden sie bestimmt!", pflichtet Susan ihm bei, hebt eine der Kisten hoch und blickt hinein. „Da drüben ist ein leerer Korb", sagt sie und zeigt mit dem Finger darauf.

„Henry, kannst du mir helfen, die Paprika und die Kartoffeln zur Seite zu schieben, um Platz zu schaffen?", bittet sie. „Klar, wo willst du sie haben?", fragt Henry beflissen.

Während die beiden die Weidenkörbe neu arrangieren, versuchen die Pimientos de Padrón, einen Blick auf ihre Umgebung zu erhaschen.

„Wir kommen in einen Korb", verkündet Apollo stolz. „Zum Glück sind wir nicht in der obersten Kiste. Ich wäre nicht gern ganz unten im Korb", sagt Winston.

„Flavio ist oben", kreischt Kim. „Er wird es nach oben schaffen, wie immer", versichert Marple ihr trocken. „Es bereit mir eher Sorge, dass wir in der Mitte stecken bleiben könnten", sagt Marple und zieht eine Grimasse. „Was glaubst du, Winston? Wie viele Kisten passen in den Korb?", fragt sie.

„Hm, er sieht nicht allzu tief aus. Sicher bringen sie uns nicht alle darin unter", erwidert Winston. „Ja, gut, lasst uns hoffen, dass wir es nach oben schaffen. Ich möchte nicht irgendwo in der Mitte sein, sodass sie jedes Mal, wenn die oberste Schicht verkauft ist, frische Pfefferschoten auf uns draufschütten", sorgt sich Marple.

„Was denkst du, Tom?", fragt Susan den elegant gekleideten Herrn.

„Das sieht gut aus. Ich gebe euch eine Kiste", bietet Tom an und stellt seinen Kaffeebecher ab. „Ich glaube, wir bekommen drei bis vier Kisten hinein", lächelt Susan. „Und los geht's! Nummer eins und zwei." Tom reicht ihr zwei Kisten, die sie schnell in den Korb leert.

„Okay, noch eine", bittet Susan.

„Wo sind wir?", fragt Kim. „Ich bin mir nicht sicher. Irgendwo in der Mitte", sorgt sich Marple.

Der Deckel über ihnen wird abgenommen und helles Licht durchflutet ihre Kiste.

„Ahh, meine Augen", kreischt Kim.

„Wir sind Nummer vier", ruft Marple, ohne Kims Schrei zu beachten. „Das bedeutet, dass wir sehr viel Glück oder sehr viel Pech haben können", fährt Marple fort, die versucht, sich schnell an das Licht zu gewöhnen.

„Bitte lass dort noch Platz für uns sein. Bitte, bitte!", betet Apollo.

„Was denkst du? Noch eine?", fragt Susan und blickt zu Tom, während sie die Pfefferschoten im Korb hin und her schiebt. „Ja, noch eine. Es sieht besser aus, wenn die Körbe fast überfließen." Tom nickt und gibt ihr die nächste Kiste.

„Ja! Ja! Das sind wir!", jubelt Marple und wedelt mit den Armen.

„Pass auf, Marple!" Winston packt sie am Arm. „Du willst doch nicht genau in diesem Moment aus der Kiste fallen", warnt er sie mit einem Lächeln. Bevor Marple sich beruhigen kann, werden sie in den Weidenkorb geschüttet.

„Wahnsinn. Seid ihr alle in Ordnung?" keucht Marple und schiebt eine Pfefferschote, die auf ihr liegt, beiseite.

„Ich bin hier, Marple", sagt Apollo und schiebt sich näher an sie heran. „Wir auch!" Kim, die sich an Winston festhält, winkt. „Oh, gut! Gut!", seufzt Marple. „Wir sind ganz oben! Wie wunderbar", lächelt sie und genießt den Ausblick.

„Was haben wir noch?", fragt Henry Tom. „Ich habe roten Ingwer, rote Bohnen, jungen Spargel und Artischocken. Oh,

Leben & Träume der Pimientos de Padrón

und ihr müsst dieses wunderbare Meersalz sehen, das ich entdeckt habe", fährt Tom fort, und die drei nehmen sich die nächste Ladung vor.

„Wie lange dauert es, bis uns jemand kauft?", fragt Apollo mit glänzenden Augen.

„Mein Blick auf die Uhr dort oben sagt mir, dass der Markt in etwa 30 Minuten aufmacht", erwidert Marple, die die Lage schnell analysiert hat.

*****

Unter sich spüren sie Bewegung.

„Was ist los? Stillhalten, da unten!", schimpft eine Pfefferschote. „He, Platz da!", brüllt eine vertraute Stimme. Pfefferschoten werden zur Seite und nach oben geschoben und die äußere Schicht bewegt sich im Kreis. In der Mitte öffnet sich ein Krater und wer sich nicht festhalten kann, taumelt in die Öffnung.

„Was ist das?", schreit eine verängstigte Pfefferschote. „Halt dich fest und bleib ruhig!", befiehlt Winston. „Das ist wie Treibsand", setzt Marple besorgt hinzu. Das Treten und Rufen in der Mitte des Kraters hält an. Eine Pfefferschote mit rotem Kopf wippt auf und ab und wedelt wild mit den Armen umher.

„Himmelherrgott nochmal! Geht mir aus dem Weg. Ich hole mir nur, was mir von Geburt an zusteht. Ich habe es ermöglicht, dass ihr alle gekauft wurdet. Zeigt etwas Respekt!", verlangt die rotköpfige Pfefferschote zornig.

„O Gott, das kann nur Flavio sein", seufzt Winston. „Ganz sicher!", stimmt Marple ihm zu.

„Flavio! Flavio!", kreischt Kim freudig und springt auf die Öffnung zu. „He, bleib hier!", ruft Winston und kann sie gerade noch am Fuß packen. „Was auch immer sein Geburtsrecht ist, du hast auch eines!", setzt er hinzu, ihren Ausbruch dämpfend. „Aber es ist Flavio! Ich muss ihm hochhelfen!" Wütend bemüht sich Kim, ihren Fuß aus Winstons Umklammerung zu winden.

„Es ist nicht deine Aufgabe, ihm den Weg zu ebnen. Er wird sich selbst den Weg frei machen. Wir alle müssen das", murrt Winston verärgert und zieht sie zurück.

Flavio schiebt eine letzte Pfefferschote beiseite und klettert den Krater hinauf. Die Öffnung schließt sich hinter ihm, Murren und wütende Blicke folgen ihm. Aber Flavio kümmert sich nicht darum, er scheint die missbilligenden, verärgerten Geschosse, die in seine Richtung fliegen, nicht einmal zu bemerken.

„He, Leute, da bin ich wieder!", grinst er und fährt sich über den Körper. Die Rötung seines Gesichtes vergeht allmählich. „In der Tat!", begrüßt Winston ihn trocken.

„Flavio! Du bist wieder da! Du weißt nicht, was mir das bedeutet", sagt Kim und klimpert ausführlich mit den Wimpern.

„Ich bin auch so glücklich! Ohne dich war es einfach nicht dasselbe", sagt Apollo aufrichtig. „Nun, ich musste nur schnell die Welt retten und dafür sorgen, dass wir hier landen", prahlt Flavio und streckt seine Arme zu den Seiten, als würde der Markt ihm gehören.

„Wir sind wirklich froh, dass du einen guten Eindruck gemacht hast, und ich bin froh, dass du wieder in eine Kiste geworfen wurdest. Denk doch nur daran, was der anderen Pfefferschote passiert ist!", sagt Marple und rückt seine Aussage zurecht. Flavio schnaubt nur, faltet seine Arme hinter dem Kopf und lehnt sich zurück.

„Marple, schau! Die ersten Besucher kommen!" Apollo stößt sie an. „O ja, stimmt! Nehmt Haltung an. Hier kommt unsere Zukunft!", befiehlt Marple aufgeregt.

„Marple, ich weiß, dass wir hier sind, um ein höheres Ziel zu erreichen. Wir sind die Generation der Zukunft. Aber was ist mit dem Jetzt?", flüstert Apollo.

„Was meinst du mit dem Jetzt?", fragt Marple. „Naja – wir sind im Jetzt, und ist es nicht auch schön und lohnenswert, dafür zu leben? Ich meine, mit dir zusammen dieses Abenteuer zu erleben. Genau jetzt, wo ich neben dir liege, zu sehen, wie der Markt zum Leben erwacht und die Aufregung zu spüren, die mir das Wasser im Mund zusammenlaufen lässt, als läge mir ein Salzkorn auf der Zunge. Ich möchte nirgendwo anders sein", lächelt Apollo, während sich Freudentränen in seinen Augenwinkeln sammeln. „Denk nur an die, die wir auf unserer Reise verloren haben! Clark … er ist zurückgeblieben, um das Fortleben weiterer Generationen zu sichern. Die Pfefferschote, die sich für den Hund geopfert hat, um uns zu schützen. Oder die seekranke Pfefferschote, die ein Leben unter den Wellen des großen Ozeans gewählt hat. Ihnen war ihre Zukunft nicht bewusst. Die Zukunft ist etwas, das wir noch nicht haben, und die Vergangenheit ist vorbei, und das macht das Jetzt umso wichtiger. Findest du nicht?" Apollo blinzelt.

„Du hast recht, Apollo. Ich möchte auch nirgendwo anders sein. Und du hast auch recht mit der Zukunft. Wir alle haben unsere eigenen Träume und Wünsche, aber was wirklich passiert, wissen wir nicht. Das Leben hat für einige von uns eine unerwartete Wendung genommen, nicht wahr", nickt Marple. „Ich stimme dir zu, Apollo! Auf das Jetzt!" Marple tut so, als hielte sie ihm ein Glas hin. Apollo erwidert ihre Geste, und die beiden stoßen lächelnd miteinander an.

„He, wir wollen auch mitmachen", sagt Winston. Er, Kim und Flavio erheben ihre imaginären Gläser, und alle prosten einander zu.

*****

Dunkle Jeans nähern sich ihrem Korb. Über sich können sie einen dunkelhaarigen Mann mittleren Alters sehen, der sich die ausgestellten Gemüsesorten genau ansieht.

„Was darf es sein?", lächelt Susan. „Wir haben heute wundervolle Pimientos de Padrón", sagt sie mit einer Geste in Richtung Korb.

„Hmm." Der Mann überlegt. „Was macht man damit?", fragt er. „Ganz einfach. Man brät sie einige Minuten in heißem Öl, streut gutes Salz darüber und fertig", erklärt

Susan. Der Mann blickt sich am Stand um. „Eine Delikatesse aus Spanien", fügt Susan hinzu, um ihn zu überzeugen.

„Ich bin mir nicht sicher. Ich nehme auf alle Fälle etwas Ingwer und zwei rote Paprikaschoten", entscheidet er und reibt sich das Kinn.

„Tss, er nimmt Paprikaschoten und Ingwer. Ich fasse es nicht", zischt Flavio.

Susan packt die roten Paprikaschoten und den Ingwer in eine Papiertüte.

„Darf es noch etwas sein?", fragt sie höflich. „Hmm, na gut, geben Sie mir eine Handvoll dieser … wie haben Sie sie genannt?", fragt er und deutet auf ihren Korb.

„Pimientos de Padrón", lächelt Susan. „Ja, genau! Eine Handvoll, nur zum Probieren", lächelt er zurück.

„Mich bekommt er nicht. Er kann sich ja nicht einmal 30 Sekunden lang unseren Namen merken", grummelt Flavio empört.

Susans Hand senkt sich auf sie herab und gräbt sich in die Pfefferschoten. Flavio, Winston, Kim, Apollo und Marple rücken instinktiv zur Seite und entkommen ihren Fingern.

„Bitte sehr. Was denken Sie? Reichen die zum Probieren?", fragt sie augenzwinkernd.

„Ja, das genügt. Wenn ich sie mag, weiß ich ja, wo ich Sie finde", nickt der Mann, nimmt seinen Einkauf und geht weiter.

Als Nächstes erscheinen zwei Paar lange Beine an ihrem Stand. Eines davon ist von den Knien an aufwärts von einem schönen Kleid bedeckt. Das andere Beinpaar steckt in schicken Shorts.

„Oh, schau mal, Mama. Pimientos de Padrón! Sie lassen sich einfach und schnell zubereiten. Was denkst du?", fragt die jüngere Frau in den Shorts.

„Das ist eine Idee. Sie sehen gut und frisch aus", stimmt die Mutter ihr zu.

„Wie kann ich Ihnen helfen, meine Damen?", strahlt Susan sie an. „Wir haben gerade Ihre Pimientos de Padrón ins Auge gefasst", erklärt die Mutter.

„Wir bekommen Gäste aus der ganzen Welt. Die meisten von ihnen kenne ich nicht einmal." Die junge Frau zieht eine Grimasse. „Wir brauchen Fingerfood, das sich leicht zubereiten lässt", fährt sie fort.

„Nun, mit Pimientos de Padrón können Sie nichts falsch machen. Jeder mag sie. Wir haben auch sehr gutes Meersalz, das Sie dafür verwenden können, wenn Sie mögen." Susan hält ein Glas mit Korkverschluss in die Höhe. „Das klingt gut. Was meinst du, Mama?" Die junge Frau wendet sich zu ihrer Mutter um. „Ja, das nehmen wir", nickt die Mutter. „Können Sie uns bitte eine große Tüte damit füllen, und wir nehmen so ein Salz", bestätigt sie.

„Oh, oh, das sind jetzt wir", flüstert Kim und reißt die Augen weit auf.

Susan geht um den Stand herum und kniet sich neben die Pimientos de Padrón. Ihre Hände graben sich energisch in die Pfefferschoten. Marple und Apollo werden hochgehoben und in die Papiertüte geworfen. Winston, Kim und Flavio folgen mit der nächsten Handvoll.

„Wir sind zusammen in einer Tüte, genau wie ich es mir gewünscht habe", strahlt Apollo.

„Jawohl! Und auf dem Weg zu einer Party", kichert Marple.

Weitere Pfefferschoten werden auf sie drauf geworfen. Dann wird die Tüte geschlossen. Das braune Papier ist weich und lässt kaum Licht hinein. Wange an Wange liegen die Pfefferschoten nebeneinander und versuchen, die Worte zu erhaschen, die in der Welt draußen gesprochen werden. Ihre Tüte wird in etwas wie einen Korb gelegt. Sie können hören, wie Münzen ausgetauscht werden. Dann werden sie hochgehoben und fortgetragen.

Die beiden Frauen plaudern weiter und besuchen noch weitere Stände, aber die Pfefferschoten können nicht herausfinden, was sie sagen oder wohin sie gehen. Sie können nur geduldig warten und vertrauen.

*****

Etwas später – es muss kurz vor Mittag sein – landen die Pfefferschoten in einem großen Stadthaus auf dem Küchentisch. Der kühle Marmor der Arbeitsfläche mildert die Hitze der Mittagssonne. Die junge Frau in Shorts setzt sich auf den Küchentresen und dreht die Papiertüte um. Die Pfefferschoten purzeln heraus.

„Nancy, schau mal! Wir haben Pimientos de Padrón und Meersalz gekauft", freut sich die junge Frau und blickt auf die Pfefferschoten hinunter.

„Oh, gut. Das wird ein Leckerbissen", nickt Nancy.

„ Wie läuft's, Nancy?", fragt die Mutter, die gerade die Küche betritt. „Alles prima. Die Minitörtchen sind fertig, die Gemüsesticks sind geschnitten, der Kuchen wurde geliefert und die Getränke ebenso. Lachsröllchen, Sandwiches, Mozzarella-Kirschtomaten-Spieße und die Melone mit Räucherschinken sind im Kühlschrank", zählt Nancy stolz auf.

„Oh, gut. Du bist super! Ich weiß nicht, was ich ohne dich tun würde. Wir müssen also nur noch den Käsekuchen machen und diese Pimientos de Padrón zubereiten?", fragt die Mutter.

„Ja, aber ich würde damit bis kurz vor Ankunft der Gäste warten. Sie sollten warm gegessen werden", empfiehlt Nancy. „Gut. Dann machen wir uns mal zurecht", lächelt die Mutter und verlässt den Raum.

„Es wird eine wundervolle Einweihungsparty werden. Mach dir keine Sorgen, meine Liebe." Nancy tätschelt das Bein der jungen Frau.

„Ja, es ist nur so seltsam, wenn man niemanden kennt. Ich finde es so anstrengend, Gesprächsstoff zu finden", meint die junge Frau missmutig.

„Nun, es sind alles Nachbarn und Arbeitskollegen deiner Mama und deines Papas. Du kannst sie nach Empfehlungen fragen, Insider-Tipps für London. Überlass ihnen das Reden. Jeder gibt gern seine Erfahrungen zum

Leben & Träume der Pimientos de Padrón

Besten", lächelt Nancy aufmunternd. „Nun geh lieber und mach dich fertig", ordnet Nancy an. Die junge Frau seufzt, springt vom Tresen und verlässt den Raum.

Mit einem Schwung befördert Nancy die Pfefferschoten in ein Sieb und hält sie unter den Wasserhahn.

„Uhh, eine Wäsche", sagt Kim, triefend.

„Hatten wir das nicht schon einmal?", fragt Apollo.

„Wir haben seither viele Stationen durchgemacht. Nutze die Gelegenheit und rubbel dich ab", grinst Marple.

Vorsichtig lässt Nancy ihre Finger durch die Pfefferschoten gleiten, dreht sie zu allen Seiten und summt dabei ein Lied.

„Ah, das ist schön", grunzt Flavio und schließt die Augen. „Nimm dich zusammen", kann Marple sich nicht verkneifen zu sagen.

Das Wasser wird abgestellt, und die Pfefferschoten werden zum Trocknen auf weißes Küchenpapier gekippt.

„So. Jetzt müsst ihr schön trocknen. Wir wollen ja wohl nicht, dass das Öl spritzt, oder?", warnt Nancy die Pfefferschoten. Ohne auf eine Antwort zu warten, summt sie weiter ihr Lied und verlässt die Küche. Die Pfefferschoten sind sich selbst überlassen.

„Sie hat mit uns geredet. Hast du gemerkt, Marple?", fragt Apollo aufgeregt. „Das nennen sie Selbstgespräche. Natürlich spricht sie mit uns, aber nicht, weil sie, glaubt dass wir sie wirklich hören können", erklärt Marple „Ach so, ja klar." Apollo sieht weg, um seine Aufregung zu verbergen, und wischt sich einen Wassertropfen ab.

„Aber sie hat recht, wisst ihr. Wir sollten zusehen, dass wir trocknen. Diese schönen Wasserperlen können gefährlich werden. Sie gefährden zwar nicht unsere Bestimmung, gegessen zu werden. Aber sie werden unsere Haut schrecklich stechen, wenn sie mit dem heißen Öl in Berührung kommen", warnt Kim und reibt ihren Rücken an dem weichen Küchenpapier.

„Dann ist jetzt also der Moment gekommen! Wir sind so weit! Ich habe unsere Reise genossen, meine Freunde", blinzelt Marple.

„Ich auch! Und ich bin so glücklich, dass wir es alle gemeinsam bis hierher geschafft haben", strahlt Apollo. „Wer, glaubt ihr, sind diese Leute, die zu dieser Willkommensveranstaltung kommen?", fährt er fort.

„Ich weiß es nicht. Aber ich weiß, dass wir sehr großes Glück haben, da viele verschiedene Charaktere kommen werden. Wir alle haben die Chance, den Menschen zu finden, der perfekt zu uns passt", lächelt Marple glücklich. „Und vielleicht werden wir Nachbarn bleiben oder irgendwie über die Arbeit miteinander verbunden sein", setzt Apollo hinzu.

„Ich weiß nicht. Mein Mensch ist bestimmt nur als Gast hier in diesem Land. Morgen reise ich Richtung Süden. Vielleicht habe ich hier ein Feriendomizil", sagt Flavio, seiner Sache sicher.

„Ich glaube, ich werde der Star dieses Abends sein. Bestimmt haben sei eine Show geplant. Macht euch bereit für die Seele des WUNDERVOLLEN-ICH", verkündet Kim.

„Glaubst du? Ich habe nichts dergleichen gehört", wundert sich Marple. „Natürlich haben sie das. Sieh dir das Haus an." Kim durchbohrt sie mit Blicken.

„Keine Sorge Winston, sie haben bestimmt Sicherheitskräfte, die aufpassen. Deine Zukunft ist gesichert", gluckst Flavio.

„Ja, das würde dir gefallen, nicht wahr? Dieser Ort fühlt sich richtig an für Marple und mich, unsere Seele der KLARHEIT wird genährt von Menschen mit großem Wissen. Ich spüre es!", verteidigt Winston seine Quelle. „Und du, Apollo, sei unbesorgt. Eine Seele der UNSCHULD wird immer ihr Zuhause finden", lächelt Winston.

Der schwarze Zeiger der Küchenuhr bewegt sich mit leisem Ticken langsam über das Zifferblatt.

Etwa eine Stunde später kehrt Nancy in die Küche zurück. Sie hat ein frisches Kleid angezogen und ihr Haar gekämmt. Sie stellt den Ofen an und schiebt ein Blech mit Käsekuchen hinein. Dann stellt sie die Fritteuse an. Während sie darauf wartet, dass sich das Öl erhitzt, schaut sie sich das Salz genauer an und öffnet den Deckel.

„O Gott. Jetzt sind wir jeden Augenblick fällig", sagt Kim panisch.

„Ich empfehle, dass wir alle in uns gehen. Versucht, euch so tief wie möglich mit eurer inneren Seele zu verbinden. Lasst die uralte Energie durch euch strömen und macht euch groß. Malt euch das Leben aus, das euch erwartet. Das wird den Übergang erleichtern. Es wird nicht schön sein, aber wir werden überleben", ermutigt Marple sie.

Etwas entfernt beginnt die Fritteuse zu zischeln. Nancy liest eine Liste in ihrer Hand.

Apollo blickt besorgt zu Marple hinauf. „Schließ die Augen. Du musst jetzt nicht noch mehr sehen. Schon bald wirst du dich in deinem neuen Leben umsehen. Denk daran. Alles wird gut." Marple blickt ihm tief in die Augen und streckt ihm ihre Hand hin. Apollo umklammert sie und macht die Augen zu.

Einige Sekunden später zeigt ein Licht Nancy an, dass die Fritteuse betriebsbereit ist.

„Schon gut, alles klar, es kann losgehen", murmelt Nancy und hebt das weiße Küchenpapier an.

Warme Luft streicht den Pfefferschoten über die Haut, und ein Duft nach frischem Olivenöl erfüllt die Luft. Unter ihnen brodelt und schäumt das heiße Öl. Die Hitze ist unerträglich, wie über einem Vulkan kurz vor der Eruption. Obwohl das Küchenpapier sie noch schützt, stellen sich die Pfefferschoten vor, wie tausend Oliven nach ihnen züngeln und sie peitschen. Jeder Schlag wird ihrer glänzenden Haut Narben versetzen, ihr Leben für immer verändern.

Apollo quetscht noch einmal Marples Hand, dann schüttet Nancy sie vom Küchenpapier.

Das Tal im Land der Hoffnungen und Träume der Pimientos de Padrón schreit auf, als es den immensen Verwandlungsschmerz seiner Kinder spürt. Es weiß, dass nun die wahre Reise beginnt.

Transformation 15

Ein hübsches junges Mädchen wird in die Küche der Parkers geführt. Es stehen noch Kisten herum mit allen möglichen Souvenirs von fernen Orten, an denen die Parkers gelebt haben, bevor sie diesen Monat ins Zentrum von London gezogen sind. Ihr neues Heim im Marylebone ist für Londoner Verhältnisse sehr geräumig. Das Grün der Bäume vor dem Fenster bietet einen wunderbaren Kontrast zum allzu weißen Interieur des Hauses.

„Jade!", holt Nancy das junge Mädchen aus ihren Tagträumen. „Meine Liebe, dies ist die Küche. Ich habe alle Speisen vorbereitet, nun müssen sie serviert werden", erklärt Nancy und sieht sich das äußerst dünne Mädchen an.

„Okay, alles klar", lächelt Jade und streicht mit der Hand über das feine Material der Vorhänge. „Hier hast du eine Schürze. Gut, dass du eine weiße Bluse trägst", bedankt sich Nancy.

„Ja, ist doch klar", lächelt Jade und legt ihre Lederjacke auf einer der Kisten ab.

„Und, was machst du, wenn du nicht beim Event-Catering aushilfst?", fragt Nancy. „Hm, ich studiere Kunst am King's College", flüstert Jade und zeichnet mit spitzem Fuß einen Halbkreis auf den Boden.

„Was ist das?", fragt Jade und zeigt auf die frittierten Pfefferschoten.

„Das sind Pimientos de Padrón, eine spanische Tapas-Spezialität. Warte kurz, ich salze sie noch. Dann musst du eine probieren." Nancy streut frisches Meersalz über den Teller mit den Pfefferschoten. „So! Probier eine!", befiehlt sie. „Na gut." Jade nimmt sich mit ihren schlanken Fingern eine Pfefferschote und schiebt sie sich in den Mund.

„Uhh, das brennt ganz schön", klagt sie und fächelt sich mit der Hand kühle Luft in den Mund. „Sind sie noch heiß? Ich habe sie schon vor einigen Minuten aus dem Öl geholt. So schlimm kann es nicht sein", sagt Nancy und runzelt die Stirn. „Nein, nein. Sie ist nicht heiß, sondern scharf. Das war eine ganz schön scharfe Pfefferschote." Jade schluckt sie hinunter und ringt nach Luft.

*****

Jasmine studiert die Einladung zur Einweihungsparty der Parkers noch einmal.

„Hier muss es sein", sagt sie und blickt von der Hausnummer auf die Einladung.

„Na dann, klingle", fordert John sie auf. Jasmine drückt die Klingel und wendet sich mit einem Lächeln zu ihren beiden erwachsenen Kindern um. „Es ist nett von euch, dass ihr mitkommt", strahlt sie. „Ihre Tochter muss etwa in eurem Alter sein", ergänzt John.

Mrs. Parker öffnet die Tür. „Hallo. Ich bin Silvia. Wunderbar, dass Sie kommen konnten. Bitte treten sie ein", sagt sie mit herzlichem Lächeln.

„Danke, sehr freundlich. Ich bin Jasmine. Dies ist mein Mann John. Unsere Tochter Sophia und unser Sohn Finlay. Sie studieren beide in Oxford", stellt Jasmine ihre Familie stolz vor. „Oh, wunderbar. Ich muss Sie meiner Tochter vorstellen. Sie sieht sich gerade verschiedene Universitäten an. Ich bin sicher, dass sie gern mehr über die Hochschule dort erfährt."

Mrs. Parker führt sie durch den Eingangsbereich und das Wohnzimmer hinaus auf die Terrasse. Eine schöne blaue Glyzinie an einer der Außenmauern steht in voller Blüte und erfüllt die Luft mit einem wundervollen Duft.

„Bitte fühlen Sie sich wie zu Hause", sagt Mrs. Parker freundlich und winkt Jade herbei. „Jade bringt Ihnen etwas zu trinken", erklärt Mrs. Parker. „Ah, da ist ja meine Tochter … Willow. Willow, das sind Jasmine, John, Sophia und Finlay. Sophia und Finlay studieren in Oxford", nickt Mrs. Parker zu den beiden hinüber, während sie ihre Tochter vorstellt.

„Entschuldigen Sie, kann ich Ihnen Rot- oder Weißwein anbieten", fragt Jade schüchtern und bemerkt, dass Finlay sie beobachtet. „Oh, und Sie müssen die hier probieren", sagt Willow und zeigt auf die Pimientos de Padrón, die Jade auf einen Tisch gestellt hat. „Wir haben sie heute auf dem Markt gekauft", setzt sie begeistert hinzu. Sophia und Finlay nehmen sich jeder eine Pfefferschote.

*****

Maurizio sitzt mit seinem Cousin Silvio auf der Terrasse der Parkers.

„Es ist so langweilig. Warum sind wir nur hergekommen?", fragt Silvio und sieht seinen Cousin streng an. „Ich bin so selten hier. Jetzt bin ich einmal in London und du schleppst mich zur Einweihungsparty deiner Nachbarn", murrt Silvio.

„Amico mio, wir werden nicht lange bleiben. Ich will nur sehen, wer meine neuen Nachbarn sind. Du würdest dasselbe tun. Tatsächlich hängst du zu Hause auch nur mit Familie und Nachbarn herum", versucht Maurizio, ihn zu besänftigen.

„Ma! – das ist etwas anderes", beschwert sich Silvio und erhebt sich von seinem Stuhl. „Also bitte, sieh zu, dass du diese Parkers kennenlernst, damit wir gehen können. Du findest mich da drüben, wo das Essen steht."

Silvio schüttelt den Kopf und geht zum Buffet. Der Teller mit den Pimientos de Padrón fällt ihm als Erstes ins Auge.

*****

Lucian trocknet seine Hände am weichen Handtuch in der Gästetoilette ab, nimmt einen tiefen Atemzug und entriegelt dann die Tür. Sein sensibles Wesen nimmt jegliche Veränderung der Energie wahr. Aber er ist gekommen, um Menschen kennenzulernen, und das wird er nun tun. Er brauchte nur einen Moment, um sich zu sammeln und sich einen Ruck zu geben.

Erst vor einem Monat ist er nach Marylebone gezogen. Das Vermögen seiner Eltern ermöglicht es ihm, hier zu leben. Normalerweise kann sich ein junger Mann seines Alters, der plant, Entdeckungsreisen zu unternehmen, keine Wohnung in dieser Gegend leisten. Aber er will seinen Eltern nicht auf der Tasche liegen und ist fest entschlossen, jeden Penny möglichst bald zurückzuzahlen. In weniger als einem Jahr wird er seinen Abschluss als Flugzeugingenieur machen.

Einen Augenblick lang beobachtet er seinen Atem und kämmt eine lose Strähne seines etwas zu langen Haars wieder zurück an Ort und Stelle.

„So, auf geht's", flüstert er sich zu und öffnet die Tür.

Im Wohnzimmer fällt sein Blick auf Schwarz-Weiß-Fotos von fernen Orten in kostbaren Rahmen aus Holz. Die Parkers reisen anscheinend gern, denkt er und betrachtet die Bilder. Eines hängt leicht schief. Mit einem Finger schiebt er die untere Ecke hoch, bis der Rahmen gerade hängt. Das ist besser, denkt er und lächelt in sich hinein.

Im Wohnzimmer sitzen mehrere Leute und unterhalten sich zwanglos. Sie haben ihn nicht bemerkt. Der Gedanke, sich zu ihnen aufs Sofa zu setzen, behagt ihm nicht, daher geht er auf die Terrasse.

Die Luft draußen ist warm und einladend.

„Kann ich Ihnen ein Glas Wein anbieten?", fragt ein schlankes Mädchen in einer weißen Bluse und einer schwarzen Schürze. Sie balanciert ein Tablett mit vollen Gläsern auf einer Hand.

„Äh, ja, danke. Ich nehme mir eines." Vorsichtig greift Lucian nach einem Glas Rotwein.

„Bitte bedienen Sie sich bei dem Fingerfood dort drüben", sagt das Mädchen mit einer Geste. „Ist etwas dabei, das Sie empfehlen?", bringt Lucian über die Lippen. „Hm, ich habe nur die Pimientos de Padrón probiert. Ich würde sie nicht empfehlen. Die eine, die ich hatte, war sehr, sehr scharf", erwidert sie, rollt mit den Augen und geht weiter zu den nächsten Gästen.

Lucian studiert das Buffet und kann nicht widerstehen. Er muss eine dieser Pfefferschoten probieren, auch wenn sie scharf sind.

Ein Windhauch zieht durch das geräumige Heim der Parkers in Marylebone. Die langen weißen Vorhänge schwingen sanft zu den Klängen des zweiten Teils von Händels Oratorium *La Resurrezione*, während sich draußen ein trockenes Blatt raschelnd über den Steinboden der Terrasse bewegt. Der Wind hat es freigegeben, damit es nach seiner langen Reise durch das Land der Hoffnungen und Träume der Pimientos de Padrón nun ruhen kann.

Epilog

Katherine Anne Lee

Stellen Sie sich eine achtspurige Autobahn in einer geschäftigen, lebhaften Stadt auf dieser Erde vor. Hunderte Autos bilden einen gigantischen Stau. Es gibt kein Vor und kein Zurück. Alles steht still. Die Sonne brennt auf die Dächer aus Stahl. In der heißen Luft wabert eine Mischung aus überhitztem Gummi, Abgasen, menschlichem Schweiß und Frustration.

In den Autos sitzen Tausende Menschen und warten. Und warten.

Jede einzelne Person hat ihre ganz persönlichen Träume. Tausende Träume sitzen im Stau und warten. Und warten.

Nun verändern Sie eines dieser Autos.

Was geschieht?

Ist das Bild anders?

Verändert sich die Welt?

Verschwindet der Stau?

Die Erde dreht sich weiter. Mond und Sonne gehen auf und wieder unter. Neue Seelen werden geboren, während andere sich in Staub verwandeln. Pflanzen wachsen und Wasser fließt. Dem Kreislauf des Lebens lässt sich kein Einhalt gebieten.

Hören Träume auf zu existieren?

Was werden Sie tun?

Was können Sie tun?

Und, vor allem – was sind Ihre Träume?

Bücher von Katherine Anne Lee

Katherine Anne Lee

„Staub & Sternenstaub - Meine Lebensgeschichte",
inspiriert von einer wahren Geschichte

ISBN 978-3-9524438-3-5

In einer geschützten Traumwelt in der englischen Kleinstadt Church Stretton aufwachsen, sich verlieben und heiraten. So sollte sie sein, die Zukunft, von der jedes kleine Mädchen träumt. Eine gerade Linie, ein perfekter Lebensweg. So begann alles, kurz vor den 1920er-Jahren.

Doch das Leben ist nicht wirklich so, oder? Das Leben ist nicht immer fair und nimmt Wendungen, die wir nicht verstehen. Und so stand der erste Sturz in die tiefste Düsternis schon kurz bevor. Ein eisiger Schneesturm traf mich, hinterließ eine Spur der Verwüstung und zog ohne Erklärung weiter.

Das Leben ließ mich nicht los, und nachdem ich wieder auf die Füße gekommen war, wurde ich mit dem größten Geschenk belohnt. Ich lernte die Liebe in ihrer vollendeten Form kennen. Aber das Leben steht nicht still, und Momente lassen sich nicht festhalten. Es geht weiter und erzählt seine eigene Geschichte.

Es dauerte nicht lange, dann kam der nächste Sturz.

Dies ist meine Geschichte. Dies ist Mollies Geschichte.

Unser Glück von gestern gehört uns nicht mehr, und was morgen unser sein wird, liegt noch nicht in unseren Händen. Nur das Jetzt ist für einen kurzen Moment unser eigen.

*****

Über „Staub & Sternenstaub - Meine Lebensgeschichte"

Der Roman „Staub & Sternenstaub - Meine Lebensgeschichte" ist die wahre Geschichte der Mollie Cooke, die in einer Kleinstadt in Shropshire geboren wurde und aufwuchs.
Sie erlebte zwei Weltkriege, verlor ihren ersten Mann im Zweiten Weltkrieg und musste den Schmerz bewältigen, früh zur Witwe zu werden.
Die Geschichte erzählt, wie sie mit ihrem zweiten Mann Bill ein zweites Mal die große Liebe erlebt und ihr glückliches Leben durch die Geburt ihres einzigen Kindes Sue Erfüllung findet.
Ihre Freude darüber, dreimal Großmutter zu werden, wird schon bald von der niederschmetternden und lähmenden Angst abgelöst, Sue durch Krebs zu verlieren. Ihre drei Enkel bleiben ohne Mutter zurück.
Nachdem Mollie auch ihren zweiten Ehemann Bill durch Krebs verloren hat, muss sie die letzten zwanzig Jahre

ihres Lebens gegen die neurodegenerative Erkrankung Alzheimer kämpfen.

Mollies Geschichte wird in der ersten Person von ihrer Enkelin Katherine Anne Lee erzählt.

*****

Hello Online
„Es hat mich angenehm überrascht, als ich feststellte, dass ich mich Mollie zunehmend verbunden fühlte, während sie Höhen und Tiefen durchlebte. Am Ende des Buches hatte ich das Gefühl, ein Mitglied meiner Familie verloren zu haben."

PurpleMum
„Was ich an diesem Buch besonders wunderbar fand, war, wie schnell ich mich Mollie verbunden gefühlt habe, obwohl wir verschiedenen Generationen angehören. Sie wirkt wie eine großzügige, lustige Dame, die das Leben sehr liebt. Das Buch ist sehr bewegend, die Art, wie Katherine Mollies Demenz und schließlich ihr Ende beschreibt, ist sehr realistisch und sehr anrührend. Am Ende des Buches hatte ich wirklich das Gefühl, eine Freundin verloren zu haben."

Futures blog
„Dieses Buch ist anders als alle, die ich zuvor gelesen habe, und es gefiel mir, dass Mollie mir von der ersten Seite an etwas bedeutete, von dem Moment an, als sie den Leser bittet, sie Mollie

zu nennen – diese Zeile packt den Leser unmittelbar und lässt ihn weiterlesen! Es ist definitiv eines der besten Bücher, die ich 2013 gelesen habe."

Kirkus Review
„Diese in der ersten Person erzählte Geschichte ist ein liebevoller und von Herzen kommender Tribut Lees an ihre Großmutter. Lee zeichnet Mollies Geschichte auf und lässt ihre Gedanken in einer fröhlichen, mitteilsamen Art lebendig werden. Im letzten Drittel des Buches steht vor allem Mollies geistiger und körperlicher Verfall im Mittelpunkt; das Thema Krebs hat in diesem Teil besonderes Gewicht, und es wird auf inspirierende Weise in Worte gekleidet."

Keenly Kristin (Bloggerin aus den USA)
„Dieses Buch ist durch und durch erstaunlich. Ich kann nicht sagen, wie oft ich geweint habe, richtig geweint. Nicht bis zur Verzweiflung, aber ich brauchte ein Taschentuch. Es ist so berührend, so packend, so realistisch. Angesichts der Tatsache, dass dies ihr Romandebüt ist, kann Katherine Anne Lee unendlich stolz auf „Staub & Sternenstaub – Meine Lebensgeschichte" sein. Es ist eine ausgezeichnete Geschichte, und Lees Fähigkeit, den Leser zu berühren, ist bemerkenswert. Sie ist eine begabte Autorin, und ich werde verfolgen, ob sie noch mehr schreibt."

*****

Katherine Anne Lee

„Frag dein Herz – Dein Glück der Leichtigkeit"

ISBN 978-3-9524438-0-4

Was ist der Sinn unseres Lebens?
Was ist unsere Berufung?
Warum fällt es uns manchmal schwer, unseren Platz im Leben zu finden?
Und wenn wir ihn gefunden haben, warum fühlen wir manchmal trotzdem eine unerklärliche Leere?
Dieser einmalige Erfahrungsbericht regt zum Nachdenken an und zeigt einen einfachen Weg, wie man seinen wichtigsten Fragen auf den Grund gehen kann.
Die Berufung in die Nationalmannschaft und die Ernennung zum jüngsten Direktionsmitglied eines Großkonzerns reichten nicht mehr aus. F.X. Fischer teilt mit dir die wahre Geschichte seiner Suche nach Berufung und Lebensaufgabe. Auf diesem Weg konnte er für sich die Frage des Sinn des Lebens beantworten. Texte des Dalai Lama haben ihn auf seiner mentalen Reise begleitet, mit denen er sich insbesondere an einem Silent Retreat, einem Ort der Stille, auseinandergesetzt hat.
Einfach beschriebene Übungen unterstützen deinen persönlichen Weg. So wie sie F.X. Fischer auf seiner Reise geprägt haben.

*****

Über „Frag dein Herz – Dein Glück der Leichtigkeit"

Bei diesem Buch handelt es sich um die wahre Geschichte von F.X. Fischer, der seinen Frieden im Leben in einem "Silent Retreat" auf Bali gesucht und gefunden hat.

Als erfolgreiche Autorin im englisch sprechenden Raum, hat Katherine Anne Lee Herrn Fischer geholfen, seine sehr persönliche und interessante Geschichte als Buch zu verfassen. Das Buch dreht sich um die emotionalen Schwierigkeiten, mit welchen F.X. Fischer in seinem nach aussen hin sehr erfolgreichen Leben konfrontiert war. (Unter anderem war er in der Juniorenfussballmannschaft der Schweiz (U21), der jüngste Direktor eines Grosskonzerns der Schweiz, etc.) Auf Grund seiner emotionalen Schwierigkeiten hat er Zeit an einem Ort der Stille gesucht, um über sein Leben und Verhalten zu reflektieren. Dabei haben die Vorträge von Dalai Lama, kombiniert mit seinen Erfahrungen in der Meditation oder mit Jenseitskontakten, eine sehr wichtige Rolle gespielt. Daraus ist eine wunderbare Mischung einer philosophischen Reflexion, vertieft mit konkreten Übungen zur Selbstfindung entstanden. In dieser wahren Geschichte ist ein konkreter Weg beschrieben, wie auch andere Menschen den Weg zu ihrem Glück und ihrer Leichtigkeit im Leben finden können.

Das Buch ist auf den Punkt gebracht und nicht ausschweifend. Konkret, inspirierend und eine Hilfe für die Personen, welche sich mit den wichtigsten Fragen im Leben auseinandersetzen.

Biographie der Autorin

Katherine Anne Lee wurde in Dorset geboren, wo sie auch ihre prägenden Jahre verbrachte. Im Alter von fünf Jahren siedelte Katherine mit ihrer Familie in die Schweiz über, wo sie aufwuchs und bis heute lebt. Als Kind verbrachte Katherine regelmäßig ihre Sommerferien bei ihren Großeltern in einer Kleinstadt in Shropshire.

Katherine veröffentlichte ihren ersten Roman „Staub & Sternenstaub - Meine Lebensgeschichte" im September 2013. Nur ein Jahr später kam „Leben & Träume der Pimientos de Padrón" heraus.

In ihrer 18-jährigen Berufslaufbahn war Katherine unter anderem als Beraterin von Banken und Versicherungen tätig.

Mehr Information über Katherine Anne Lee und ihre Bücher finden Sie auf Facebook, Twitter und ihrer Webseite www.katherine-anne-lee.com